Aus Freude am Lesen

W0038948

Manchmal ist das, was uns als Zufall erscheint, voller Zwangsläufigkeit. Im Rückblick betrachtet, zumindest. Oder auch umgekehrt kann das, was wir für Notwendigkeit halten, in Wahrheit nichts als Zufall sein. Enorm unterhaltsam und mit dem ihm eigenen Sinn für das, was sich unserem Alltag nicht fügen will, kreisen Franz Hohlers Erzählungen um das, womit niemand rechnet, das aber umso zielstrebiger geschieht.

FRANZ HOHLER wurde 1943 in Biel, Schweiz, geboren, er lebt heute in Zürich und gilt als einer der bedeutendsten Erzähler seines Landes. Franz Hohler ist mit vielen Preisen ausgezeichnet worden, u.a. erhielt er 2002 den Kasseler Literaturpreis für grotesken Humor, 2005 den Kunstpreis der Stadt Zürich und 2013 den Solothurner Literaturpreis.

Franz Hohler

Der Stein

Erzählungen

btb

MIX
Papier aus verantwor-
tungsvollen Quellen
FSC FSC® C083411
www.fsc.org

Verlagsgruppe Random House FSC® N001967
Das für dieses Buch verwendete FSC®-zertifizierte
Papier *Lux Cream* liefert Stora Enso, Finnland.

1. Auflage
September 2013, btb Verlag in der Verlagsgruppe Random House
GmbH, München
Copyright © 2011 Luchterhand Literaturverlag, München
einem Unternehmen der Verlagsgruppe Random House GmbH
Umschlaggestaltung: Design Team München
Motiv: © Alamy/AnnCuttingsSelect
Druck und Einband: CPI – Clausen & Bosse, Leck
KS · Herstellung: sc
Printed in Germany
ISBN 978-3-442-74590-6

www.btb-verlag.de
www.facebook.com/btbverlag
Besuchen Sie auch unseren LiteraturBlog www.transatlantik.de

Ich brauchte mich nur zu bücken, einen weißen Stein von der Landstraße aufzulesen und den Staub von ihm fort-zublasen, um, ohne auch nur hinzusehen, sagen zu kön-nen, dass es ein von der Mittagsglut erhitzter, körniger Strandkiesel war, und traurig zu sein, dass man das Leben dieses Steins, das viele Jahrtausende währen mochte, nicht beschreiben konnte.

Konstantin Paustowskij,
Die Zeit der großen Erwartungen

DER PRÄSIDENT

Es war morgens um sechs, als der Präsident seine Altstadtwohnung verließ und sich zu Fuß auf den Weg zum Regierungsgebäude machte.

Der Personenschutz war informiert, aber wie üblich hatte sich der Präsident eine Begleitung verbeten. Er bewegte sich gern wie ein normaler Mensch unter normalen Menschen und genoss es, in einem Land zu leben, in dem das möglich war, er genoss es, einer zu sein, der frühmorgens zur Arbeit ging und freundlich zurückgrüßte, wenn ihn jemand freundlich grüßte.

Der Weg zum Regierungsgebäude war kurz, er führte quer durch die Altstadt, welche um lange Straßen herum angelegt war. Die Straßen nannte man ihrer Breite zum Trotz Gassen, und sie waren durch verschiedenste Quergässchen miteinander verbunden, die zum Teil so eng waren, dass sich zwei Personen gerade noch kreuzen konnten, ohne sich zu berühren. Diese Gässchen mied der Präsident auf Anraten des Personenschutzes und wählte die größeren Querstraßen, welche ebenfalls Gassennamen trugen.

An der Ecke einer Quer- mit einer Längsgasse befand sich ein Café, das schon um sechs Uhr öffnete und in dem man sich bei mildem Wetter an eines der Tischchen unter einem Laubengang setzen konnte. Meistens versah Catherine, die Gerantin, den Frühdienst selbst, und wenn der Präsident, wie heute, dort Platz nahm, hatte er wenig später einen Café au lait mit einem Croissant vor sich.

»Bonjour, Monsieur le Président«, sagte Catherine, die stets eine rotweiß karierte Schürze trug und ihre Haare in zwei Zöpfen um den Kopf geschlungen hatte. Der Präsident antwortete mit »Bonjour, Madame Catherine«, und wenn er sich fünf Minuten später erhob, sechs Franken auf den Tisch legte und weiterging, rief sie ihm unter der Türe »Au revoir, bonne journée!« nach, und er rief »Merci, pareillement!« zurück, und nach diesem Morgenritual konnte der Tag beginnen.

Heute blieb er etwas länger, denn kurz bevor er den Kaffee ausgetrunken hatte, hörte er vom Stuhl, auf den er seine Mappe gestellt hatte, ein Miauen und sah, dass eine junge Katze hinaufgehüpft war und ihn anblickte, erwartungsvoll, wie ihm schien. Der Präsident blickte sie auch an, hob dann die Augenbrauen und sagte: »Na, noch nicht gefrühstückt?«

Als die kleine Katze wieder ihr dünnes Miauen hören ließ, nahm er eine große Brosame seines Croissants, nässte sie mit einem Rest geschäumter Milch aus seiner

Kaffeetasse und hielt sie der Katze hin. Diese musterte sie nur kurz, schnappte sie sich mit einer ebenso schnellen wie graziösen Bewegung und nahm dann wieder ihre erwartungsvolle Haltung ein.

Der Präsident, amüsiert, fütterte ihr noch zwei, drei Stücklein, kraulte sie auch ein bisschen am Brustlatz, und als die Wirtin heraustrat, fragte er sie, ob das ihre Katze sei. Nein, sagte diese, sie habe sie gestern schon gesehen, wisse aber nicht, wo sie herkomme, hoffentlich störe sie ihn nicht.

»Wir sind schon Freunde«, sagte der Präsident lächelnd, stand auf, nahm seine Mappe vom Stuhl und verabschiedete sich.

Als er wenig später an einem Fußgängerstreifen anhielt, um nach links und rechts zu schauen, bemerkte er neben seinem rechten Fuß die junge Katze.

»Ssst!«, zischte er ihr zu und schüttelte dazu drohend seine Mappe, »geh nach Hause!«

Dann überquerte er die Straße, und hinter ihm her, zierlich und unbeirrbar, ging die kleine Katze.

Der Präsident blieb auf der andern Straßenseite stehen, zusammen mit dem Kätzchen, dachte einen Augenblick nach, drehte sich dann um und ging wieder zurück, gefolgt vom Kätzchen. Drüben angekommen, beugte er sich nieder, packte die junge Katze am Nacken und warf sie in die Richtung, aus der er vorher gekommen war. Dann betrat er den Fußgängerstreifen so schnell, dass ein Lieferwagen scharf abbremsen musste, und strebte mit schnellem Schritt dem nahen Regierungsgebäude zu.

Der Sicherheitsbeamte am Eingang grüßte ihn respektvoll, als er ihm die Pforte neben der Schleuse für die Parlamentarier öffnete, und fragte ihn: »Alles in Ordnung, Herr Präsident?«

»Danke, Herr Schmid«, sagte der Präsident und wunderte sich erst im Weitergehen ein bisschen über die Frage, die ihm so noch nie gestellt worden war. Auch hatte er das Gefühl, im Blick des trockenen Schmid sei ein leichtes Erstaunen gelegen.

Er stieg die große Treppe hoch und bog dann in den Korridor ab, der zu seinem Büro führte. Erst als er vor der Tür stand und seinen Schlüssel aus der Tasche zog, sah er das Kätzchen. Es hatte sich vor die Türschwelle gesetzt und blickte zu ihm hinauf. Einen Moment lang war er fassungslos. Dann schaute er sich um. Es war noch früh, er war allein. Er bückte sich, hob das Kätzchen auf und ging mit ihm zum Ende des Ganges. Dort öffnete er das Fenster und schaute hinunter. Katzen haben sieben Leben, dachte er und maß mit den Augen die Höhe bis zum Hof. Das Kätzchen miaute.

»Du Lauskerl«, sagte er, schloss das Fenster, ging zurück zu seiner Tür und setzte es vor die Schwelle. Dann schloss er die Tür auf, und das Kätzchen spazierte hinein, noch bevor er selbst sein Büro betrat.

Als er sich an sein Pult setzte, setzte sich die junge Katze neben seinen Bürostuhl und begann sich die Pfoten zu schlecken.

Ihr Fell war grau und hellbraun getigert, unter dem Kopf hatte sie einen großen weißen Fleck, der sich bis zu ihrer Schnauze fortsetzte; in ihrem Gesicht dominierte die braune Farbe, nur die Ohren waren grau, mit feinen hellbraunen Rändern.

»Bald kommt Frau Ehrismann, dann kannst du zu ihr«, sagte der Präsident zum Kätzchen. Danach entnahm er der Mappe seine Agenda und das Dossier zur Krankenkassenfrage, über dem er gestern Nacht eingeschlafen war.

Vor sich auf dem Schreibtisch sah er das Blatt mit dem heutigen Tagesablauf, das ihm Frau Ehrismann gestern Abend hingelegt hatte, und ein Blick darauf bestätigte ihm, dass, wie eigentlich immer, ein unerbittlicher Stundenplan bevorstand.

Gleich um acht kam eine Delegation der Rüstungsindustrie, die mit ihm über die Bewilligungspraxis für Waffenexporte sprechen wollte. Der Termin war neu und ärgerlich, er vertrat dabei die Wirtschaftsministerin, die gestern Hals über Kopf in die Vereinigten Staaten geflogen war, um dort der größten Bank ihres Landes erneut die politische Rückendeckung zu geben, die sie gar nicht verdient hatte. Ihre Meinung zu den Fragen lag in einem Sichtmäppchen unter dem Tagesplan, sie hatte auf einer A4-Seite Platz. Ihr Departementschef würde auch dabei sein, der wusste Bescheid und sollte schon vorher zu einer kurzen Vorbesprechung kommen. Um neun wollte ihm die Kommission für Kinder- und Jugendfragen die Studie zur Jugendsexualität im Wandel vorstellen, ein Thema, von dem er überhaupt nichts wusste und eigentlich auch nichts wissen wollte. Darauf gab es bis zum Mittag Besprechungen mit Direktoren seiner Abteilungen, von Suchtprävention über Lebensmittelkontrolle bis zu Pensionskassen, Briefing, Coaching, Wording, las er auf seinem Tagesblatt und fragte sich, ob eigentlich Englisch die Amtssprache sei. Zum Mittagessen traf er sich mit dem Protokollchef und dem schwedischen Botschafter, um den bevorstehenden Besuch des schwedischen Königspaares zu besprechen, und am Nachmittag war das große Hearing zu den Krankenkassenprämien angesagt, mit Vertretern der Kassen, der Ärzte und der Spitäler, dann warteten zwei Journalisten einer Sonntagszeitung auf ein großes Interview, und was noch bleiben würde, war für das vorgesehen, was er Signierstunde nannte, nämlich dem Unterschreiben amtlicher Dokumente und Briefe, doch der Abend war, als einziger dieser Woche, frei. Zwar wusste er, dass er zu Hause seine Jubiläumsansprache an die Verbände der Freiwilligenhilfe fertig schreiben musste, aber dennoch gab ihm das ein kleines Gefühl von Freiheit zurück, das er so oft vermisste, und er öffnete mit Schwung den Krankenkassenordner, um mit dessen Studium dort weiterzufahren, wo er gestern eingenickt war.

Als Frau Ehrismann anklopfte, um einen guten Tag zu wünschen und ihn zu fragen, ob sie etwas für ihn tun könne, sagte er lächelnd, er habe einen Gast mitgebracht und er wäre froh, wenn sie sich um ihn kümmern würde. Seine Sekretärin war ebenso verwundert wie gerührt, als sie das Kätzchen sah, das immer noch neben dem Bürostuhl saß und schüttelte ungläubig den Kopf über die kleine Morgengeschichte des Präsidenten.

Als sie jedoch hinter das Pult kam, um die junge Katze zu ergreifen, rannte diese unter dem Pult durch und sprang auf die Polster der Besuchersitzgruppe.

»Moment«, sagte der Präsident, »lassen Sie mich das machen«, erhob sich und ging auf das Sofa zu, auf dem sich die kleine Katze inzwischen rekelte. Doch als er sie nehmen wollte, hüpfte sie hinunter und war sofort auf der andern Seite des Büros, kletterte an einem Vorhang hinauf und stand auf dem Fenstersims.

»Kann ich helfen?« fragte der Departementschef, der nun unter der Türe stand.

»Das erste Exportproblem«, sagte der Präsident, »die kleine Katze sollte ins Vorzimmer, Lösungsvorschläge sind willkommen.«

»Mach ich«, sagte der Departementschef, legte seinen Ordner auf das Pult, ging langsam zum Vorhang hinüber, nahm die Kordel und ließ sie über dem Kätzchen hin und her pendeln.

Tatsächlich folgte die junge Katze mit dem Blick gespannt den Bewegungen, und sowie sie sich auf die Hinterpfoten stellte, um nach der Quaste zu greifen, packte er sie am Nacken und trug sie trotz ihres empörten Zappelns und Miauens ins Vorzimmer, gefolgt von Frau Ehrismann, welche die Tür hinter sich zuzog.

Als der Departementschef nach ein paar Minuten das Präsidialzimmer wieder betrat, hatte er ein dickes Pflaster auf dem linken Handrücken.

»Oh«, sagte der Präsident, »ein leidenschaftliches Tierchen.«

»Kann man sagen«, antwortete der Departementschef säuerlich und begann dann mit dem Briefing.

Bald traten die vier Herren von der Rüstungsindustrie ein. Man nahm auf der Sitzgruppe Platz, der Präsident erläuterte ihnen, weshalb Pakistan als Exportland nicht mehr in Frage kommen dürfte, der CEO der größten Waffenschmiede betonte, es handle sich nur um Luftabwehrsysteme, die ja wohl kaum gegen die Taliban eingesetzt werden könnten, worauf der Departementschef eine vertrauliche amerikanische Information bekannt gab, aus der hervorging, dass die Taliban schon seit einiger Zeit Flugzeuge gegen afghanische Stellungen einsetzten.

An dieser Stelle hüpfte die kleine Katze, die sich offenbar mit der Delegation eingeschlichen hatte, dem Präsidenten auf die Knie. Die Herren von der Rüstung waren perplex.

»Ihr neues Haustier?«, fragte der CEO schließlich, halb im Scherz.

»Ja«, sagte der Präsident und kraulte der Katze den Kopf, »ist sie nicht hübsch?«

»Und wie heißt sie?« fragte ein Panzerwagenfabrikant.

»Smeralda«, sagte der Präsident zu seiner eigenen Überraschung. Die Katze schnurrte leise.

Der Departementschef funktionierte sein Prusten in ein Husten um, das er mit seiner gepflasterten Hand abdeckte.

Von dem Moment an verlief die Sitzung jedoch bedeutend entspannter, was ihre Ergebnislosigkeit erträglicher machte. Nachdem sich die Delegation verabschiedet hatte und der CEO dabei auch Smeralda übers Köpfchen gefahren war, teilte der Präsident seiner Sekretärin mit, er behalte das Kätzchen vorderhand bei sich und ob sie ein gepolstertes Körbchen sowie etwas Katzenstreue besorgen könne.

Die Nachricht, der Präsident habe in seinem Büro ein Haustier, sprach sich in seinem Departement so schnell herum, dass bereits die Abteilungsleiterin der Suchtprävention zur Sitzung eine Dose Gourmetkatzenfutter mit Thunfisch mitbrachte.

Smeralda verhielt sich manierlich, sah zwar nach einem kurzen Beschnuppern des Körbchens, das ihr Frau Ehrismann hingestellt hatte, davon ab, dieses in Anspruch zu nehmen, benutzte aber sofort die in einer Ecke auf einer Tageszeitung aufgehäufte Katzenstreue. Danach strich sie dem Präsidenten schnurrend um die Beine.

Dieser merkte, dass ihn die Gegenwart des Kätzchens eigenartig beschwingte. Keine Besprechung konnte beginnen, bevor Smeralda nicht erstaunt und belustigt zur Kenntnis genommen worden war. Sie wusste sich stets unwiderstehlich in Szene zu setzen, sei es, dass sie auf das Pult des Präsidenten oder auf das Tischchen der Sitzgruppe sprang, immer so, als wolle sie die jeweiligen Besucher begrüßen.

Bevor der Präsident gegen Mittag sein Büro verließ, öffnete er eigenhändig die Dose mit dem Katzenfutter, drückte dessen Inhalt auf seine Kaffeeuntertasse und kratzte die Reste mit einem Teelöffel aus. Er orderte bei Frau Ehrismann noch ein Fressträglein, und Smeralda schaute nur kurz zu ihm auf, als er ihr sagte, er sei über Mittag weg und komme nachher wieder.

Das Mittagessen mit dem schwedischen Botschafter verlief zur Zufriedenheit, doch nach der Verabschiedung nahm ihn der Protokollchef zur Seite und fragte ihn, was es mit dieser jungen Katze in seinem Büro auf sich habe. Die Antwort des Präsidenten, das sei sein neues Haustier, welches ihm bei seinen Amtsgeschäften Gesellschaft leiste, befriedigte den Protokollchef nicht. Sie müssten sich, sagte er, dringend auf eine Sprachregelung einigen, und ob er ihn in seinem Büro noch vor dem Interview mit der Sonntagszeitung kurz aufsuchen dürfe.

Gut, sagte der Präsident, wenn ihn das so beunruhige, solle er kommen, er verstehe zwar nicht, was da so Besonderes dabei sei. Er schmunzelte auf seinem Gang ins Büro. Doch als er die Tür öffnete, erschrak er.

Die Katzenstreue war über den ganzen Boden verteilt, es roch nach öligem Thunfisch und Pisse, und als er den ersten Schritt machte, um die Tür hinter sich zuzuziehen, zerquetschte er mit dem linken Schuh ein Würstchen Katzenscheiße, dessen Duft sich sofort mit dem Hafenkneipendunst vermengte, der den Raum erfüllte. Smeralda lag auf dem vordersten Sitz der Polstergruppe, streckte die Vorderpfoten aus und gähnte. Die Striemen auf dem Bezug zeigten, dass sie versucht hatte, das Polster aufzukratzen.

Der Präsident schüttelte den Kopf. Hätte ihm gestern

jemand gesagt, er würde sein Büro heute so vorfinden, er hätte ihn für verrückt erklärt.

Dann beschloss er zu lachen.

Er rief Frau Ehrismann, welche beim Anblick des Büros kurz die Fassung verlor, und bat sie, auf den Beginn des Hearings, das in einem der Sitzungszimmer angesagt war, den Reinigungsservice zu bestellen. Ihre Frage, ob sie das Kätzchen zu sich nehmen oder es durch den Hausdienst abholen lassen solle, verneinte er entschieden.

»Das Tierchen gefällt mir«, sagte er, »ich behalte es.«

In fünf Minuten, sagte sie, sei der Staatssekretär des Außenministeriums und der Dolmetscher da für das kurzfristig anberaumte Telefongespräch, ob er lieber das Büro wechseln wolle.

»Ach woher«, sagte der Präsident heiter, und als er wenig später von seinem Pult aus mit der rasselnden Stimme eines weit entfernten Diktators sprach, assistiert vom angestrengten Staatssekretär und einem sichtlich gestressten Dolmetscher, die beide ihre Stühle durch die Katzenstreue zum Pult gezogen hatten, hielt er dazu Smeralda auf den Knien und streichelte sie. Es ging um zwei Bürger seines Landes, die schon länger in einem Schurkenstaat festgehalten wurden und an deren Freilassung der Präsident dieses Staates immer wieder neue Bedingungen knüpfte.

Das Gespräch dauerte nicht lange, denn als sein Kontrahent eine zusätzliche Million für die Überstellungskosten verlangte, sagte der Präsident: »Ich weiß, dass Ihnen unsere zwei Bürger egal sind. Und wissen Sie was? Mir sind sie auch egal.« Erbleichend hatte der Dolmetscher die Sätze in die fremde Sprache übersetzt, und bestürzt blickte der Staatssekretär auf seinen Präsidenten, als dieser jetzt in ein großes Gelächter ausbrach. Zu ihrem Erstaunen erklang aber aus dem Telefonlautsprecher ein ebensolches Gelächter, Smeralda miaute laut, und dann brach die Verbindung ab.

Verstört verließ der Staatssekretär das Präsidialzimmer, zog sich draußen einen Schuh aus und wischte sich mit einem Papiertaschentuch einen Katzendreck von der Sohle, während sich der Dolmetscher fragte, ob er die verhängnisvollen Sätze nicht besser etwas gemilderter übersetzt hätte.

Gut gelaunt betrat der Präsident um drei Uhr nachmittags das Sitzungszimmer, gefolgt von Smeralda, die beflissen hinter ihm hertrippelte.

Ein Raunen ging durch die Anwesenden, als das Kätzchen auf den Tisch sprang, an den sich der Präsident gesetzt hatte, und begann, sich sorgfältig das Fell zu lecken.

»Meine neue Mitarbeiterin«, sagte der Präsident launisch, und den Interessenvertretern blieb nichts anderes übrig als zu lachen, wenn ihnen auch die Irritation deutlich anzusehen war.

Dann eröffnete er die Sitzung mit der Frage: »Hat irgendjemand von Ihnen eine Ahnung, wie man die Gesundheitskosten senken könnte?«

Resultate brachte das zweistündige Hearing wie erwartet keine, aber die Stimmung war entspannt, die üblichen Gehässigkeiten blieben aus.

Der Protokollchef erwartete ihn am Eingang des Sitzungszimmers mit der Frage, ob er für das Interview das Kätzchen Frau Ehrismann geben wolle.

Ach nein, sagte der Präsident, ihn störe das nicht, und wo das Problem sei.

Er habe, antwortete der Protokollchef, beim Bundeshaushistoriker nachgefragt, und der habe ihm versichert, es sei in der ganzen Geschichte des Landes kein einziges Regierungsmitglied bekannt, das ein Haustier mit ins Büro genommen habe.

»Dann ist es mal Zeit für etwas Neues«, sagte der Präsident, und auch für die Beschwörungen, wenigstens den Fressnapf und die Katzenstreue vorübergehend zu entfernen, hatte er kein Gehör.

Kurz bevor die Journalisten kamen, erreichte ihn die Nachricht, die zwei Geiseln seien freigelassen worden.

Das wurde denn auch das erste Thema des Interviews, und auf die Frage, wie er das geschafft habe, sagte der Präsident mit Blick auf Smeralda, die er auf den Knien hielt, seine neue Mitarbeiterin habe ihn für das Telefongespräch gecoacht.

Die zwei Journalisten wussten nicht recht, was sie von dem Kätzchen im Büro und vom ungewohnt ironischen und aufgeräumten Tonfall des Präsidenten halten sollten, aber der Fotograf fragte nicht lange und schoss ein Bild nach dem andern vom Magistraten mit seinem Kätzchen und vergaß mit seinem Sucher auch nicht die Ecke mit dem Futternapf und der Streue, welche inzwischen in einem Karton für A4-Blätter lag.

Als ihn Frau Ehrismann später, nach der Signierstunde, fragte, wie es denn nun mit der jungen Katze weitergehen solle, sie könnte sie ihrer Schwester bringen, die sie gerne aufnähme, bedankte sich der Präsident und sagte, nein, er habe sich entschlossen, Smeralda mit nach Hause zu nehmen.

Vergeblich malte ihm seine Sekretärin all die Abende aus, an welchen er die Katze allein lassen müsste, das schien den Präsidenten nicht zu kümmern, und auch der Frage, wie diese denn jeweils vom Büro in die Wohnung kommen werde, wenn er, wie meistens, gleich nach der Arbeit zu einem Anlass irgendwohin gehen müsse, wich er aus.

Das werde sich schon machen lassen, sagte er, verglichen mit der Senkung der Gesundheitskosten sei das doch wohl ein kleines Problem und ob sie ihm morgen nochmals einen Futternapf ins Büro stellen könne, er nehme den hier in seine Wohnung mit, der sei aus Metall und glänze so schön.

Frau Ehrismann resignierte. Gut, sagte sie dann, das müsse *er* wissen, sie gebe ihm ihre Einkaufstasche mit, in die sie den Napf stelle und auch ein bisschen Streue in einer Papiertüte, zusammen mit einem Karton, und, sagte sie leicht verlegen, eine Dose Katzenfutter mit Geflügel habe sie auch noch besorgt, die lege sie ihm hinein, dann könne er ja das Kätzchen für den Nachhauseweg ebenfalls in die Einkaufstasche setzen.

Nachdem sie alles vorbereitet und sich verabschiedet hatte, blieb der Präsident noch etwas in seinem Büro sitzen, schaute seine Agenda an und dachte über den morgigen Tag nach, und zwar weniger über den Inhalt seiner Verpflichtungen, sondern darüber, was diese für Smeralda bedeuteten. Wo konnte sie dabei sein und wo nicht?

Bei seinem Auftritt vor dem Parlament zum Kulturförderungsgesetz eher nicht, hingegen hatte er heute erfahren, wie auflockernd sich ihre Anwesenheit auf den Verlauf von Sitzungen und Besprechungen auswirkte. Oder würde sich das wieder ändern, sobald sich alle daran gewöhnt hätten? Und wenn sich in ein paar Wochen oder Monaten der Charme der jungen Katze verlöre?

Daran mochte er jetzt nicht denken. Etwas an ihr rührte ihn mehr, als er verstehen konnte. Das Leben, in das sie eingedrungen war, sein Leben, war eine spröde Angelegenheit, manchmal kam es ihm vor, als spiele es sich zwischen den Deckeln seiner Agenda ab. Er war geschieden und steckte so tief in seiner Arbeit, dass er kaum noch Freunde hatte, mit denen er sich regelmäßig traf. Er war nicht sehr beliebt, wollte es auch nie sein. Politik, sagte er gelegentlich, solle man nicht machen, wenn man geliebt werden wolle. Und plötzlich war da ein Wesen, das ihn offensichtlich liebte, und zwar so sehr, dass es unbedingt bei ihm bleiben wollte.

Er erhob sich und ging zur Tür, das Kätzchen sprang auf, ging mit und schaute zu ihm hoch.

Er kniete sich nieder, blickte ihm in die Augen und kraulte es hinter den Ohren.

»Na, mein Kleines, kommst du mit?« Smeralda miaute, er hob sie auf und ließ sie sanft in die Einkaufstasche gleiten. Dann nahm er die Tasche in die linke Hand, trat zum Büro hinaus und schloss die Tür ab.

Erst unterwegs merkte er, dass er seine Mappe vergessen hatte, entschied sich aber, nicht umzukehren, da er heute Abend auch ohne die Unterlagen darin auskommen würde. Smeralda hielt sich schön still in der Tasche und machte keinen Versuch, hinauszukriechen. Offenbar hatte er sie von seinen guten Absichten überzeugt.

Er vermied es, denselben Weg zu gehen, auf dem er am Morgen gekommen war, denn er fürchtete, das Kätzchen könnte beim Bistro wieder hinausspringen und dorthin zurückgehen, woher es gekommen war. Deshalb nahm er zwischen zwei Längsstraßen eine der engen Gassen.

Den Mann mit der Mütze, der ihm »Präsident!« zurief und dann eine Pistole auf ihn richtete, sah er erst im letzten Moment. Er riss seine Tasche zur Brust hoch, und gleichzeitig fiel ein ohrenbetäubender Schuss. Mit einem Aufschrei ging der Präsident zu Boden, der Attentäter drehte sich um und flüchtete. Einer der Bodyguards, die dem Präsidenten unauffällig gefolgt waren, rannte hinter dem Schützen her, der andere kniete neben dem Angeschossenen nieder. Blut sickerte auf das Pflaster, immer mehr.

»Herr Präsident«, rief der Bodyguard, »sind Sie verletzt?«

Der Präsident lag mit geschlossenen Augen auf dem Boden, aber er atmete. Der Notfallarzt, der kurz danach auf dem Platz war, fand keine Verletzung und vermutete eine Gehirnerschütterung durch den Sturz. Die Kugel, so zeigte sich, hatte den metallenen Napf durchschlagen und war abgelenkt worden, doch die Wucht des Aufpralls hatte den Präsidenten zu Boden geworfen.

Das Blut kam vom Kätzchen.

DIE RAUCHERECKE

Charles hatte die Schwierigkeit, schnell eine Zigarette rauchen zu können, unterschätzt.

Gerade wollte er sich im Hotelzimmer eine anzünden, als er das Schild mit dem Hinweis sah, dass es sich um ein Nichtraucherzimmer handelte und dass dem Gast, sollte es sich herausstellen, dass er trotzdem geraucht habe, eine Gebühr von 200 Euro für die professionelle Entlüftung und Reinigung des Zimmers berechnet werde.

Er steckte also sein Päckchen ein, fuhr mit dem Lift aus dem obersten Stockwerk, in dem sein Zimmer lag, eine Etage nach der andern hinunter, um festzustellen, dass jeder Stock mit einem Nichtraucherzeichen versehen war.

Als er im Erdgeschoss die Bar gefunden hatte, und auch dort von der Decke ein Nichtraucherschild wie ein Kronleuchter herunterhing, unterstützt durch kleine Stellkartons auf dem Tresen und den Tischchen, schwand seine Hoffnung, in diesem Haus eine Zigarette anzünden zu können, und er trat durch die Drehtür auf die Straße hinaus.

Ein harscher Wind wehte, Charles hatte nur seine Jacke an, aus der er nun sein Zigarettenpäckchen zog, doch als er die Zigarette im Mundwinkel hatte und sein Feuerzeug mehrmals anzuknipsen versuchte, trat eine Hostess von der andern Straßenseite auf ihn zu und machte ihn freundlich, aber mit Nachdruck darauf aufmerksam, dass er sich in einer Nichtraucherstraße befand. Er musste etwas verstört gewirkt haben, denn sie bat ihn nun, seinen Blick auf die Hauswand gegenüber zu richten, auf welcher große Zigarren mit roten Kreuzen übermalt waren.

»In Ordnung«, sagte er, betrat mit klammen Fingern wieder die Eingangshalle des Hotels und fragte die junge Frau an der Rezeption, ob es hier irgendwo eine Raucherecke gebe. »In der Tiefgarage vielleicht?« fügte er halb ironisch, halb hoffnungsvoll hinzu.

»Dort nicht«, entgegnete sie, neigte sich ein bisschen vor und sagte leise: »Explosionsgefahr.«

Dann drehte sie sich um, griff sich aus einer Schublade ein Blatt, legte es vor ihn hin und sagte: »Aber selbstverständlich dürfen Sie bei uns rauchen, wenn Sie sich der Gefahr bewusst sind, der Sie sich aussetzen. Darf ich das annehmen?«

Flüchtig betrachtete er das Blatt und nickte stumm. Alle Fotos von Raucherlungen, Geschwüren und Beinstümpfen hatten bisher nicht vermocht, jene Lust auf diesen Moment der Entspannung zu bändigen, der mit dem Einatmen dieses kleinen, kribbelnden Spiralnebels verbunden ist und den er nicht als eine Bedrohung, sondern vielmehr als eine Liebkosung seiner Atemwege empfand.

»Und das«, sagte die Rezeptionistin, »ist ein Plänchen, wie Sie unsere Raucherecke finden, sowie« – und nun bekam ihre Stimme etwas Mitfühlendes – »eine Statistik über den Zusammenhang zwischen Rauchen und Lungenkrebs.« Sie schob ihm zwei weitere Blätter hinüber.

»Danke«, sagte er benommen, »vielen Dank – haben Sie Streichhölzer?«

Sie musste sich so tief bücken, dass sie einen Moment ganz verschwand. Als sie mit gerötetem Gesicht wieder auftauchte, übergab sie ihm ein Schächtelchen mit der schwarz umrandeten Aufschrift »RAUCHEN TÖTET!«

Charles hatte inzwischen einen Blick auf die Skizze geworfen, die er nicht gleich verstand, und fragte, während hinter ihm die Koffer einer chinesischen Reisegruppe aufgetürmt wurden, wo genau er sich die Rezeption vorstellen müsse.

»Ihr Standort ist hier«, sagte die Empfangsfrau und zog einen kleinen Kreis um ein blasses Viereck, »und Sie müssen der gestrichelten Linie folgen.«

Auch diese Linie war kaum zu erkennen, so schlecht war der ganze Plan kopiert. Gut sichtbar war einzig das Ziel der Linie. Ein Pfeil wies auf ein dick ausgezogenes Quadrat, in dem ein Totenkopf prangte.

»Ist dort auch ein Notarzt bereit?« fragte er, und zu

seiner Überraschung war die Frau nicht beleidigt, sondern verneinte höflich, drehte das Statistikblatt um, auf dessen Rückseite die Nummer eines örtlichen und eines nationalen Beratungsdienstes notiert war und sagte ihm, während der Reiseleiter der Chinesen seinen Unterarm neben ihm auf den Tresen legte und mit den Fingern zu trommeln begann, ihr Partner habe sich zum Beispiel mit Erfolg dorthin gewandt, was ihn, der vor ihr stand, jedoch nicht daran hindern solle, seine Zigarette zu genießen.

Er bahnte sich nun, mit seinen Blättern in der Hand, einen Weg zwischen den Koffern und den fernöstlichen Hotelgästen hindurch, die einen erschöpften Eindruck machten, und versuchte den Plan so zu halten, dass das, was er sah, mit dem Schema übereinstimmte. Das gelang ihm nicht vollständig, und schließlich entschied er sich, eine Türe im Hintergrund, die durch ein grünes Männchen als Notausgang gekennzeichnet war, als Beginn der gestrichelten Linie anzunehmen, er öffnete sie, und dahinter führten ein paar Treppenstufen hinunter in einen langen, schlecht beleuchteten Gang, der in einer weiteren Türe endete. Allerdings gab es keinen Hinweis darauf, dass man sich hier auf dem Weg zur Raucherecke befand, die Pfeile zu einem Totenschädel, die er eigentlich erwartet hatte, fehlten ebenso, wie eine gestrichelte Linie am Boden.

Inzwischen war seine Lust auf einen Zug an einer Zigarette ins Unzähmbare gestiegen, denn Charles war im Flugzeug angereist, hatte am Flughafen sofort ein Taxi genommen und zu spät gesehen, dass es ein Nichtrauchertaxi war. Er war Musiker und sollte zu einer Aufnahme in den Rundfunk, die Zeit wurde langsam knapp, also dachte er, statt auf der Suche nach einer Raucherecke zu versauern, könne er geradesogut in diesem Gang eine rauchen.

Diesmal gelang ihm das Anknipsen des Feuerzeugs problemlos, doch kaum führte er das Flämmchen gegen die Zigarette, erklang eine Alarmsirene, an der Decke begann sich ein orange blinkendes Warnlicht zu drehen, und Sprinklerdüsen versprühten dünne Wasserfontänen.

Sofort rannte er zur Tür am Ende des Ganges, riss sie auf und fand sich in der Garage, wo er eilends zwischen verschiedenen Wagenreihen durchging, über eine Wendeltreppe in eine tiefer gelegene Parkfläche steigen konnte, diese aufs Geratewohl durchquerte und so unauffällig wie möglich eine weitere Tür öffnete.

Nun stand er in einem kleinen Lift, der nur für eine Person Platz bot, und auf dessen winzigem Schaltteil ein Pfeil nach oben zeigte und einer nach unten. Er drückte auf den Pfeil nach oben.

Nach einer überraschend schnellen Fahrt öffnete sich die Tür und entließ ihn aus seiner Kapsel auf eine Plattform, die dem obersten Stock vorgelagert war und die aus nichts Weiterem bestand als aus einem durch ein einfaches Geländer geschützten Gitterrost; schaute man auf seine Füße, sah man lotrecht in die Tiefe hinunter. Da Charles nicht schwindelfrei war, fasste er sofort mit den Händen das Geländer und schloss einen Moment die Au gen. Als er sie vorsichtig wieder öffnete, erblickte er an einem Geländerpfosten so etwas wie einen Aschenbecher.

»Hier dürfen wir«, sagte eine Stimme neben ihm.

Sie gehörte, wie er feststellte, als er seinen Kopf umwandte, einer Frau; diese trug einen Mantel mit einem Pelzkragen, ihr Kopf war mit einer Fellmütze bedeckt, und zwischen ihren Fingern, die in Lederhandschuhen steckten, hielt sie eine Zigarette an einem elfenbeinfarbigen Mundstück. Sie lachte und fragte ihn dann mit etwas verrauchter Stimme: »Haben Sie Feuer?«

»Sicher«, sagte er, versuchte seinerseits ein Lachen und tastete dann in seiner Jackentasche nach seinem Feuerzeug. Er merkte nun, dass er vom Sprinklerwasser durchnässt war, und der Wind hier oben wehte stärker als vorhin auf der Straße. Zitternd holte er sich eine Zigarette aus dem Päckchen und klemmte sie sich zwischen die Lippen. Dann steckten die beiden ihre Köpfe zusammen, und er knipste das Feuerzeug an. War es der Wind, der das Flämmchen gar nicht erst entstehen ließ, oder war vielleicht der Sprit aus?

»Moment«, sagte er und holte das Streichholzschächtelchen heraus, das er bei seiner Brieftasche versorgt hatte.

»Sie wissen Bescheid?« fragte Charles, indem er ihr die Aufschrift hinhielt. Sie lächelte nur, und als er nun ein Streichholz über den Anzündstreifen zog, brach es entzwei, ebenso ein zweites und ein drittes. Die Hölzchen mussten mit Absicht so dünn gemacht worden sein, dass sie auch nicht dem geringsten Druck standhielten. Er packte das nächste Streichholz direkt am Köpfchen, es entzündete sich und brannte ihn an der Fingerkuppe, so dass er es mit einem Fluch fallen ließ. Als Gitarrist konnte er sich keine Wunden an den Fingern leisten.

»Tut mir leid«, sagte er, »ich – «

Sein Handy klingelte, und aus dem Studio hörte er, dass die andern schon da seien und man nur noch auf ihn warte. Er versprach sofort zu kommen, entschuldigte sich bei der Frau und suchte nach dem Knopf für den Lift.

»Es gibt keinen Knopf«, sagte die Frau, »man muss warten, bis er von selbst kommt.«

Ungläubig blickte er sie an. »Und wie lang haben Sie gewartet?«

»Sie haben sich ganz schön Zeit gelassen – etwa eine halbe Stunde.«

Zum Glück stand die Nummer des Hotels auf der Streichholzschachtel, und er tippte sie ein. Von der Frau an der Rezeption verlangte er, dass sofort ein Lift zur Raucherecke hochgeschickt werde.

Sie reagierte erstaunt. Da gebe es gar keinen Lift, behauptete sie. Als er ihr schilderte, wo er war und dass er da nicht allein war, sagte sie, das sei ein Notfalllift für die Feuerwehr, und um den in Gang zu setzen, müsse sie erst den Code freigeben lassen, und das könne schon etwas dauern.

»Wie lange?« fragte er tonlos.

»Bis zu einer Stunde«, sagte sie ungerührt.

»Bis dann bin ich erfroren!«, schrie er.

Aber es half nichts.

Als er im Studio anrief, wollte man ihm nicht recht glauben, und der Produzent sagte, zufällig sei Rick Rinton vorbeigekommen, und er könne seine Soli schon mal einspielen, ihre Zeit sei leider begrenzt.

Charles wusste, was das bedeutete. Rick Rinton war sein schärfster Konkurrent in der Szene, er war jünger, und eigentlich musste er, Charles, bei jedem Engagement beweisen, dass er es immer noch mit ihm aufnehmen konnte.

Er steckte sein Handy in die Tasche und brach plötzlich in Tränen aus.

»Kommen Sie«, sagte die Frau, öffnete ihren Mantel und zog ihn an sich, »Sie müssen aufpassen, dass Sie sich nicht erkälten.« Und so stand er da, presste sich weinend und schlotternd an sie, sie behütete ihn und streichelte seinen Kopf wie einem kleinen Kind, und so umschlungen fuhren sie auch im Lift nach unten, als dieser sie nach drei viertel Stunden endlich abholte.

Die Frau sah er nie wieder. Als er im Studio erschien, waren die Aufnahmen gemacht; Rick hatte alle mit seinen schrägen Riffs verzaubert, und ihm war klar, dass er von diesem Produzenten nie mehr eingeladen würde.

Am nächsten Tag erkrankte er gleich nach seiner Rückkehr an einer schweren Lungenentzündung und musste für mehrere Tage in die Klinik. Er hatte so hohes Fieber, dass er zeitweise nicht bei Bewusstsein war.

Später, als es ihm besser ging, fragte ihn eine Pflegerin,

wieso ihn wohl die Frage des Chefarztes so empört habe, dass er ihn angeschrien und beschimpft habe.

Was der ihn denn gefragt habe, wollte Charles wissen.

»Das, was er alle fragt – rauchen Sie?«

DER VIERTE KÖNIG

Er lehnte sich zurück.

Während des Mittagessens hatte ihn ein bisschen gefröstelt, und nach dem Kaffee hatte er einen Schluck Kräuterschnaps getrunken, der ihn nun wohlig wärmte. Die Flasche hatte er unten im Schrank der Ferienwohnung gefunden, die er für einige Tage bewohnte. Diese gehörte einem seiner Freunde, der sie kürzlich erworben hatte. Es war ein kleines altes Bauernhaus, ein Maiensäß fast, das etwas oberhalb eines Dorfes in den Bündner Bergen stand. Da das Haus an den Hang gebaut war, führte vom Eingang eine Treppe in den Wohnteil hinauf. Die Zimmer waren niedrig, die Fenster klein, und es hing ein Geruch von stehengebliebener Zeit in den Räumen. Geheizt wurde mit einem Kachelofen, der in der Wand zwischen Stube und Schlafzimmer eingebaut war, und in der Küche mit einem Holzherd, auf dem man auch kochen konnte. War es einem zu mühsam, diesen einzufeuern, konnte man einen Heizstrahler über dem Spülbecken einschalten und sich auf zwei elektrischen Platten etwas zubereiten. Eine Dusche oder ein Bad gab es im Haus nicht, nur eine Toilette, die am Ende des Flurs außen ans Haus angebaut war.

Er, der Gast, hieß Balz, und er hatte sich Anfang des Jahres hierher zurückgezogen, um ganz allein und in aller Ruhe seinen vierzigsten Geburtstag zu feiern. Heute Vormittag hatte er im Kachelofen Feuer gemacht, und noch jetzt überlagerte der Duft des Tannenreisigs, das er den Buchenscheiten unterlegt hatte, die abgestandene Luft, in der er am Morgen erwacht war.

In der Stube gab es neben dem Esstisch noch ein kleines Tischchen mit einem Rohrstuhl und einem durchgehockten Sofa. Auf dem Rohrstuhl saß Balz jetzt, das leere Schnapsglas neben sich, und schaute zum Fenster hinaus.

Draußen schneite es, und es gefiel ihm, in den grauen Himmel zu blicken, aus dem die weißen Flocken wirbelten.

Gestern Abend, als er angekommen war, hatte er noch weit ins Tal hinuntergesehen, dazu auf eine Reihe von Berggraten und -gipfeln in der Nähe, und auf eine verwirrliche Anzahl davon in der Ferne, die in der Dämmerung langsam ineinander verflossen. Aber schon am Morgen waren träge Wolken das Tal heraufgekrochen und blieben nun an den Abhängen über dem Dorf liegen, und vor die Sicht talabwärts und in die Weite hatte sich ein undurchdringlicher diesiger Vorhang gelegt.

Balz war nicht unglücklich darüber. Er war nicht hierhergekommen, um Skitouren zu machen oder Wintersport zu treiben, er brauchte keinen Blick in die Ferne, er brauchte einen Blick nach innen. Nachdenken wollte er über sein bisheriges und über sein zukünftiges Leben, deshalb hatte er sein Notebook mitgenommen. Gestern Abend hatte er es schon mal aufgeklappt und ein Dokument mit dem Titel »Mein Leben« eröffnet, war aber über den ersten Satz »Geboren vor vierzig Jahren am Dreikönigstag« nicht herausgekommen. Dieser Satz hatte ihn so lange angestarrt, bis er ihn wieder gelöscht und das Notebook zugeklappt hatte.

Heute lag ein Block mit einem Kugelschreiber auf dem Tischchen. Ein Blatt Papier war nicht halb so fortsetzungshungrig wie ein Bildschirm. Aber wo sollte er anfangen?

Über seine Geburt wusste er wenig, außer dass er im Spital, in dem er zur Welt gekommen war, das erste Kind am Dreikönigstag gewesen war, morgens um ein Uhr. Seine Mutter hatte sich gefreut darüber, hatte ihn manchmal im Scherz auch »mein Königskind« genannt, worüber sich seine ältere Schwester immer geärgert hatte. »Und ich?« hatte sie jeweils gefragt, und es war dann der Vater, der sie mit den Worten »Du bist unsere Prinzessin« getröstet und auf seine Knie genommen hatte.

Wieder fröstelte ihn. Er ging zum Kachelofen und legte zwei schöne, runde Hölzer nach, dann holte er nochmals den Kräuterschnaps, goss sich einen winzigen Schluck ins leere Glas und trank es sofort aus.

Seine Schwester hatte ihn heute aus Australien auf seinem Handy angerufen und ihm zum Geburtstag gratuliert. Sie war mit ihrem Mann dorthin ausgewandert. »Welcome to the club!«, hatte sie zu ihm gesagt. Sie war zweiundvierzig und hatte zwei Söhne.

Er war vierzig und hatte keine Kinder. Soweit er sich zurückerinnern konnte, hätte er immer lieber einen Bruder gehabt als eine Schwester. Warum, wusste er nicht.

Er nahm seinen Block, schrieb auf das erste leere Blatt das Wort »Schwester« und versah es mit einem Fragezeichen. Dann fand er das so lächerlich, dass er das Blatt abriss und zerknüllte. Nachdenken war schwieriger, als er gedacht hatte.

Seine Eltern hatten sich kurz vor Mittag gemeldet. Seit sie pensioniert waren, flogen sie an Neujahr immer für einen Monat auf die Kanarischen Inseln. Sie hatten gemeinsam »Happy birthday« ins Telefon gesungen und ihm dann lachend alles Gute gewünscht. Sie waren zufrieden, unverschämt zufrieden geradezu.

Er war nicht zufrieden. Und eigentlich hätte er gern gewusst, warum, deshalb war er hierhergekommen.

Wo waren denn die Brüche in seinem bisherigen Leben?

Gymnasium, Studium der Rechte, zuerst Richter, dann Jurist in einer großen Versicherungsgesellschaft. Versuch, das elterliche Zweierglück durch Heirat mit einer spanischstämmigen Studienkollegin nachzuahmen, misslungen, Scheidung nach fünf Jahren.

Er nahm nochmals den Block auf die Knie und schrieb

die Worte »Eltern? Beruf? Heirat?« weit auseinander und umzog sie nach einer Weile mit Kreisen.

Als er den Zettel zerriss, hörte er den Gesang.

Männerstimmen waren es, die wohl unten im Dorf sangen, langsam und getragen, aber nach einer Weile merkte er, dass sie näher kamen. Er stand auf und hatte das Gefühl, das Steißbein sei ihm eingeschlafen. Hatte er so lang gesessen? Er ging zum Fenster.

Das Schneetreiben war dichter geworden, die Konturen der Häuser undeutlicher, und durch die Flockenwirbel schritten drei Gestalten in langen Gewändern, mit Königskronen auf ihren Häuptern, der Vorderste in einem roten Mantel mit weißem Pelzbesatz und einem langen goldglänzenden Stab, der Zweite in einem blauen Mantel mit braunem Pelzkragen, und der Dritte trug einen kragenlosen grünen Überwurf, der eher einer Jagdpelerine glich, hatte krauses Haar und war schwarz geschminkt.

Balz öffnete das Fenster und verstand nun einige der Worte des Liedes, »Könige«, »Morgenland«, »Stern« und »Jordanstrand«. Als er sich fragte, woher die Paukenschläge kamen, die den feierlichen Takt des Liedes angaben, sah er in einem geringen Abstand hinter den drei Sängern eine vierte Königsfigur in einem weißen Mantel, die eine große Trommel umgehängt hatte und mit einem Riemen über Schultern und Brust einen Hornschlitten hinter sich herzog.

Vier Könige, davon hatte er noch nie gehört. Vielleicht hatten die hier eine besondere Bedeutung, von der er nichts wusste. Auch dass sie zu seinem Haus kamen, mutete ihn seltsam an. Er war Gast, gestern angekommen, und kannte niemanden. Der Weg machte zwei Kurven bergauf, um neben dem Haus wieder in einer Kurve bergwärts zu verschwinden, zum nächsten und letzten Haus oberhalb des Dorfes.

Balz hoffte einen Augenblick, sie zögen vorbei, doch die merkwürdige Gruppe stellte sich auf dem Vorplatz auf und sang weiter, sang nur für ihn, und der vierte König blieb in der letzten Kurve stehen und schlug seine Trommel dazu.

Balz verstand nun Satzteile wie »treulich Schritt« und »die Könige wandern, o wandere mit«, er stand im Fenster und winkte ihnen freundlich zu, worauf alle drei ungerührt weitersangen, nur der vierte König hob von der Kurve her grüßend seine Hand.

Nun zog er seinen Geldbeutel aus der Gesäßtasche, ging die Treppe hinunter, öffnete die Tür und trat zu den Sängern, die gerade mehrere Male die Worte »Myrrhen und Gold« variierten, es war offenbar der Schluss des Liedes, denn nun verstummten auch die Paukenschläge.

»Danke«, sagte Balz, »danke. Ich bin selbst ein Dreikönigskind.« Die drei Könige nickten huldvoll und blickten sich gegenseitig an.

»Ich bin zu Gast und habe leider kaum etwas im Haus – darf ich euch etwas geben?« fragte Balz und hielt dem König im roten Mantel eine Zwanzigernote hin.

Der nahm sie mit seinem Fausthandschuh entgegen und steckte sie in einen Sack, den der Grüne unter seiner

Pelerine hervorzog. Die drei schauten einander wieder an, der Blaue summte einen tiefen Ton, den die andern aufnahmen, dann stimmten sie den Vers an:

»Heut hat die alte Welt ein End
Wir danken dir für deine Spend!«

Sie sangen den Vers einstimmig, drehten sich dann langsam um und schlugen wieder den Weg zum Dorf hinunter ein, und während sie im Schneegeflock abwärtsschritten, sangen sie den Vers nochmals und nochmals, immer einen Ton höher, Balz zählte mit, ohne zu wollen, achtmal hatten sie ihn gesungen, als er das Fenster schloss.

Balz schauderte es, halb vor Kälte, halb vor Rührung.

»Heut hat die alte Welt ein End«... er hatte das Gefühl, mit diesem Satz sei er persönlich gemeint.

Er ging zur Herdplatte, um sich einen Tee zu machen, denn nach dem kurzen Aufenthalt draußen, für den er keine Jacke angezogen hatte, fror er bis ins Innerste. Sollte sein Steißbein eingeschlafen sein, war es jetzt erwacht, er spürte einen Reiz, als stecke eine Nadel darin. Er rieb sich, aber es wurde nicht besser.

Im Küchenschrank hatte er eine Dose mit Bergkräutertee gefunden, er füllte zwei Löffel davon in ein Tee-Ei und schaute zu, wie dieses blubbernd in der großen Tasse versank. Dann setzte er sich wieder in den Rohrstuhl.

Die alte Welt ... Er versuchte es nochmals mit dem Schreibblock, zog einen senkrechten Strich in der Mitte über die ganze Seite, schrieb links oben als Titel »Alte

Welt« und rechts »Neue Welt«. Gerade hatte er unter »Alte Welt« das Wort »Beruf« notiert und mit einem Fragezeichen versehen, da hörte er wieder die Trommelschläge. Sie näherten sich, aber ohne Gesang. Balz stand auf und schaute zum Fenster hinaus.

Ein leichter Schwindel erfasste ihn.

Der vierte König stapfte langsam den Weg hoch, zog seinen Hornschlitten hinter sich her und schlug dazu auf seine große Bauchtrommel. Seine Krone, das sah Balz erst jetzt, war ein goldenes Diadem mit einem einzigen Zacken, in den ein rubinroter Stein gefasst war. Er stellte die Trommel neben die Haustür wie jemand, der von der Arbeit nach Hause kommt, schälte sich aus dem Zugriemen und stellte den Schlitten, von dem er noch mit seinen weißen Handschuhen den Schnee wegstrich, an die Hauswand. Dann schüttelte er sich, klopfte mit den Schuhen gegen die Mauer, öffnete die Haustür und trat ein.

Balz ging zum Wohnungseingang, und als der König nun die Treppe heraufkam, fragte er ihn: »Suchen Sie jemanden?« Der König schaute ihn mit seinen blauen Augen an und nickte fast unmerklich.

»Falls Sie meinen Freund Georg suchen, er ist nicht da«, sagte Balz, »aber kommen Sie herein. Ich heiße Balz – und Sie?« Der König zeigte auf seinen Mund und machte eine bedauernde Geste. Oh, dachte Balz, stumm also, behindert.

Während der neue Gast seine Bergschuhe auszog, seine Handschuhe darauflegte und den Mantel an einen

Holzhaken hängte, rief Balz mit dem Handy seinen Freund an und fragte ihn leise auf dessen Combox, was es mit dem stummen Menschen auf sich habe, der ihn vermutlich kenne, er hoffe auf einen baldigen Rückruf zur Klärung.

Dann bat er den Mann aus dem Flur in die Küche und fragte ihn, ob er auch einen Tee möchte. Der andere nickte. Er trug eine Art weißen Overall, einen Ganzkörperanzug, der Balz an die Pyjamas für Kleinkinder erinnerte. Sein Diadem hatte er aufbehalten.

Balz füllte ein zweites Tee-Ei. Ob er Zucker wolle, fragte er, und wieder nickte der andere, und Balz griff nach der Zuckerdose. Schnaps? fragte er, aber der König verneinte. Immerhin versteht er, was ich frage, dachte Balz. Er schaute dem andern in die Augen, wenn er sprach, und versuchte, die Lippen möglichst deutlich dazu zu formen, wie er es als Kind gelernt hatte, als er eine Zeit lang einen gehörlosen Nachbarjungen gehabt hatte.

Nun setzte sich Balz wieder auf den Rohrstuhl in der kleinen Stube, machte das Licht an und bot dem Gast das Sofa an. Dieser setzte sich, legte das tropfende Tee-Ei in die Untertasse, rührte mit dem Löffel den Zucker um, trank dann einen Schluck und nickte anerkennend.

Balz nickte zurück. »Viel Schnee«, sagte er dann.

Der andere nickte. Jedes Mal, wenn er nickte, blitzte der Widerschein der Lampe in seinem Diademstein auf. Er trank wieder einen Schluck und hielt die heiße Tasse mit beiden Händen, ohne sie danach abzustellen.

Was sprach man mit so jemandem?

»Sie kommen aus dem Dorf?« fragte Balz schließlich. Zu seinem Erstaunen schüttelte der andere den Kopf.

»Woher denn?« fragte Balz. Als der andere nicht antwortete, hielt er ihm seinen Schreibblock hin. »Schreiben Sie es mir auf? Auch Ihren Namen?« Er sah die Rubriken »Alte Welt« und »Neue Welt« und riss das Papier heraus. Vielleicht, dachte er, muss ich ihn einen Moment allein lassen. Im Aufstehen spürte er ein scharfes Stechen im Steißbein, er ging mit dem Papier in die Küche, faltete es zweimal und warf es in den Abfalleimer unter dem Ausguss.

Dann musste er sich mit beiden Händen am Spülbecken aufstützen und erbrach die Suppe, die er sich zum Mittagessen gemacht hatte. Fassungslos blickte er in die üble Masse mit dem säuerlichen Geruch, in der auch noch einzelne unverdaute Brot- und Käsestücklein zu sehen waren. Er beugte sich unter den Hahn, ließ Wasser in seinen Mund laufen und spie es wieder aus. Plötzlich hatte er große Mühe, auf seinen Beinen zu stehen, ihm war, als hätte man ihm die Knochen herausgenommen.

Als er sich mit beiden Ellbogen auf den Ausguss stützte, um nicht umzusinken, spürte er eine Hand auf seiner Schulter. Der vierte König stand neben ihm, schaute ihn besorgt an, griff ihm dann unter die linke Achsel und zog ihn hoch. Dann ging er langsam mit ihm zum Schlafzimmer, schlug dort die Bettdecke zurück und setzte ihn auf den Bettrand. Sorgfältig begann er ihn auszuziehen, bis auf seine langen Unterhosen und das T-Shirt, hob ihm

44

dann die Beine hoch und legte ihn ins Bett. Mit einem Schüttelfrost verkroch sich Balz unter die Decke, einem Schüttelfrost, der anhielt, bis der König, der sich hier auszukennen schien, mit einer heißen Bettflasche da-stand, die er ihm auf den Bauch legte. Das beruhigte ihn, und er glitt in einen unruhigen Schlaf, in welchem ihn Traumbilder jagten.

Als er wieder erwachte, war es draußen dunkel gewor-den. Die Nachttischlampe brannte, und der König in sei-nem weißen Overall mit seinem Stirnreif saß neben sei-nem Bett und beugte sich über ihn. Der rubinrote Stein schaute ihn wie ein drittes Auge an. Als der König sah, dass Balz wach war, gab er ihm einen heißen Kamillentee zu trinken. Er war so schwach, dass er sich kaum aufset-zen konnte. Drei Schlucke nahm er, dann ließ er sich wie-der ins Kissen sinken. Er war schweißnass, seine Unter-kleider klebten ihm am Leib. Das Stechen im Steißbein war zu einem brennenden Schmerz geworden. Der Kö-nig hielt ihm nun ein Quecksilberthermometer hin, das sich Balz unter die Achsel steckte. Es zeigte, als es ihm der König herauszog, 40 Grad. Balz erschrak. »Ein Arzt«, flüsterte er. Der König ging zum Fenster und öffnete es kurz. Ein Windstoß fuhr hinein und wirbelte eine La-dung Schnee ins Zimmer. Der König schloss das Fenster und schüttelte den Kopf. Balz, ratlos, dämmerte wieder ein.

Nach einer Weile wurde er wachgerüttelt. Er wollte das Bett nicht verlassen, aber der stumme König fasste ihn unter den Armen und setzte ihn auf. Er gab ihm ein halbes Glas Wasser zu trinken, in dem er Aspirin oder Treupel aufgelöst hatte. Balz schluckte es angewidert hinunter, dann bekam er wieder Kamillentee. Darauf zog ihm der König das Unterhemd aus und frottierte ihn trocken, dann streifte er ihm sein Pyjama über. Danach wechselte er seine langen Unterhosen gegen seine Pyjamahosen aus. Balz stöhnte und wollte sich wieder hinlegen, doch der König zog ihm zuerst die Wanderhosen, dann sein Hemd an, und darüber noch ein Hemd, und seinen dicken Pullover, und seine wattierte Windjacke. Dann setzte er ihm seine Wollmütze auf, legte ihm sein Stirnband darum und zog die Kapuze hoch. Es folgten die Handschuhe und die Moonboots, und zuletzt wickelte er seinen weißen Mantel um ihn. Der vierte König hatte alles vorbereitet. Er trug Balz wie ein Kind die Treppe hinunter, legte ihn mit dem Kopf nach vorne auf den Hornschlitten, der im Hauseingang stand, und band ihn mit drei starken Riemen fest, die er ihm über die Fesseln und über Brust und Bauch zog. Dann stieß er den Schlitten auf den Vorplatz, wo der Sturmwind heulte, schloss die Tür hinter sich, nahm eine Stabtaschenlampe in seinen Mund, fasste die Hörner, machte ein paar Schritte, setzte sich auf die Vorderkante des Schlittens, und dann begann die Fahrt.

Balz wollte schreien, aber seine Stimme blieb weg. Der König fuhr mit ihm durch die Hauptgasse des menschenleeren Dorfes, auf das der Schnee wie Papierfetzen fiel, Balz schien, er höre wilden Gesang aus der Dorfwirtschaft, aber schon waren sie daran vorbei, vielleicht war es auch bloß der Wind, welcher Bäume, Ställe und Zäune zum Singen brachte, immer noch versuchte Balz zu schreien, um dem König sein Vorhaben auszutreiben, aber der ließ sich nicht beirren, schien hier Weg und Steg zu kennen, denn bald verließ er die Poststraße und sauste mit ihm über steile Holzwege durch die Wälder, die vom Sturm geschüttelt wurden, und schließlich gab Balz seinen Widerstand auf, er hatte keine andere Wahl, als dem Schlittenfahrer zu vertrauen, dessen Overall er neben seinem Kopf spürte. Ob der König nicht fror? Balz, in seinen weißen Mantel eingehüllt, hatte nicht nur warm, er fühlte sich geborgen, geborgen wie noch nie in seinem Leben, er schloss die Augen, und das Gleiten der Kufen, das Toben des Nachtsturms, das Keuchen des Königs, der mit seiner Lampe im Mund eine Lichtbresche in die dunkle Wand vor ihnen schlug und sich manchmal mit seinem roten Auge an der Stirn kurz zu ihm umwandte, all das schüttelte seine Gedanken so durcheinander, dass er irgendeinmal das Bewusstsein verlor.

Als er die Augen wieder aufschlug, lag er in einem Spitalbett. Flüssigkeit träufelte aus einem aufgehängten Sack durch einen Infusionsschlauch in seine Vene, und eine Pflegerin maß ihm den Puls. »Hallo Herr Kamber«, sagte sie, »da sind Sie ja wieder.«

Balz begriff nichts. »Wo bin ich?« fragte er.

Er erfuhr, dass er im Kreisspital des Tales war und dass ihn einer mit einem Hornschlitten nachts eingeliefert habe. Man habe ihn sofort operieren müssen, sagte die

Pflegerin, aber gleich komme der Arzt, der werde es ihm genauer sagen.

Erst jetzt spürte Balz, dass er einen Verband am Steißbein hatte.

Das sei, sagte ihm der Arzt, ein gut gelaunter, etwas untersetzter Mann, dessen weißer Kittel sich über ein Bäuchlein spannte, ein eitriger Abszess gewesen, der sich entzündet habe und den man so rasch als möglich habe entfernen müssen.

Seit wann er den wohl gehabt habe und warum ihm nichts aufgefallen sei vorher.

»Sie werden es nicht glauben«, sagte der Arzt, »aber den hatten Sie schon im Mutterleib. Zusammen mit Ihnen hat sich ein zweiter Fötus entwickelt, der mit Ihrem Fötus am späteren Steißbein zusammengewachsen war, aber schon im Uterus abstarb. Sie hätten einen Zwilling haben können, deshalb nennen wir das einen Zwillingsabszess. Der kann sich vierzig Jahre lang stillhalten, wie bei Ihnen, und dann meldet er sich schlagartig.«

»Und warum?«

Der Arzt zuckte mit den Schultern, und dann lachte er. »Für alles, was die Medizin nicht weiß«, sagte er, »hat sie ein hervorragendes Wort: spontan.«

Aber ein Notfall sei er gewesen, das könne er ihm sagen, und zwar ein akuter. Im Übrigen sei der Mann, der ihn eingeliefert habe, sofort verschwunden und habe seinen Hornschlitten hier stehen gelassen. Er sei in der Spitalgarage zum Abholen bereit. Woher er denn gekommen sei in dieser Nacht?

Als ihm Balz den Namen des Dorfes nannte, pfiff der Arzt durch die Zähne.

»Glück gehabt! Eine riskante Fahrt, im Schneesturm, mitten in der Nacht, da wäre keine Ambulanz durchgekommen. Wer war denn der kühne Hornschlittenpilot? Er war Ihr Lebensretter.«

Balz sagte, er kenne ihn auch nicht, aber er werde sich erkundigen, schon um sich zu bedanken.

Sein Freund Georg, so wurde bald klar, hatte den Stummen nie gesehen, und als er später im Dorf nachfragte, wer der Trommler mit dem weißen Mantel und dem Diadem gewesen sei, stieß er auf Erstaunen. Die drei Königsdarsteller sagten einhellig, sie hätten nur zu dritt gesungen, und wenn eine Trommel dabei gewesen wäre, hätten sie die ja hören müssen, und dasselbe sagten auch die Leute im Dorf.

Von einem vierten König wusste niemand etwas.

EIN NACHMITTAG BEI MONSIEUR ROUSSEAU

Komm herein, Claude, und setz dich an den Tisch, ich putze den Pinsel, dann komm ich gleich … ist Marie-Lise nicht mitgekommen? … Die musste der Mutter beim Waschen helfen … Und Eugène? … Muss in der Schule nachsitzen … Der Ärmste, hat wohl wieder mal was Freches gesagt … Zum Lehrer? Ui, was denn? … Er habe Dotter im Bart? … Ja, da muss man aufpassen, das hören sie nicht gern, die Lehrer, selbst wenn es wahr ist … Doch, das geht schon, schieb die Schachtel mit den Farbtöpfen etwas zur Seite, dann hast du Platz mit deiner Zeichnung …

Das hier? … Eine Schlangenbeschwörerin … Ob es das gibt? Oh ja, der Urwald ist voll von ihnen … In Indien machen das die Männer, im Urwald die Frauen … Die stammen alle von Eva ab, die konnte schon mit den Schlangen sprechen … Nein, die hier spricht nicht, sie spielt nur Flöte, aber wunderbar, hörst du? … Doch, doch, das hab ich mir genau überlegt, ich spiel dir's mal auf der Geige vor …

(*nimmt die Geige von der Kommode und spielt eine Melodie*) Und, was sagst du jetzt? Da können die Schlangen gar nicht anders, als aus ihren Löchern kommen und sich von ihren Bäumen herabwinden … Die Melodie höre man doch gar nicht auf dem Bild? … Oh doch, das garantiere ich dir, wenn dieses Bild fertig ist, dann singt es … So, jetzt zu dir – wieso die Frau keine Kleider hat? … Na, braucht sie denn das, im Urwald? Da ist eine Hitze, eine feuchte Hitze, sag ich dir, da bleibt dir das Hemd am Leibe kleben … Hab ich selbst erlebt, als ich bei der Armee diente und wir in Mexiko kämpften, das ist eine Weile her, aber wenn ich die Augen schließe, ist alles wieder da … Gut, ein schönes Tuch werd ich der Flötistin vielleicht noch geben … Wieso sie so dunkel ist? … Damit du keine Stielaugen machst, mein Lieber …

Also, dann sind wir heute allein, wir zwei … Zeigst du mir, was du mitgebracht hast? Einen Flammkuchen von deiner Mutter? Ach ja, sie ist Elsässerin, nicht wahr? Sehr lieb, ich lasse ihr herzlich danken, meiner Ernährerin, aber ich meinte – wolltest du nicht eine Katze zeichnen als Hausaufgabe? Zeig doch mal her …

Oh, da haben wir sie ja … Das ist gar nicht schlecht, mein Freund, das ist gar nicht schlecht … Die Katze sitzt vor der Mausefalle, und in der Falle sitzt die gefangene Maus mit einem Stück Käse … Das hast du dir gut ausgedacht, das ist eine kleine Geschichte …

Dein Vater hat dich ausgelacht? … Gut, ich kann mir vorstellen, weshalb: Du hast die Katze mit blauen Streifen gemalt, und er hat gesagt, es gibt keine blauen Katzen – hab ich recht? … Siehst du, und warum hast du die Katze mit blauen Streifen gemalt? … Ach, du wolltest sie rötlich machen und hattest nur noch einen blauen und einen grünen Farbstift? Aha … Und den grünen hast du für die Zimmerpflanze hinter der Katze gebraucht … Ich verstehe … Mein lieber Claude, dein Vater hat natürlich recht: Es gibt keine blauen Katzen. In der Wirklichkeit. Aber auf dem Bild musst du nur eine blaue Katze malen, und schon gibt es sie. So einfach ist das. Und das Bild hat eben auch recht …

Mit den Hinterpfoten hattest du etwas Mühe, nicht? Hauptsache, man sieht, dass sie sitzt … Eure Katze hat nicht stillgehalten … Das ist das Problem mit den Viechern – meinst du, meine Löwen halten still, wenn ich sie male, wie sie über eine Beute herfallen? Dafür hab ich Bücher, siehst du, hier ist eins über wilde Tiere, »Bêtes Sauvages«, mit 200 Illustrationen, da sind sie alle drin, von der Giraffe bis zum Gürteltier, oder Zeitschriften, die da, da hab ich was Schönes gefunden, wo haben wir denn das, ah hier, schau dir diese Abbildung an, da fällt ein Tiger über einen Büffel her, so etwas möchte ich als Nächstes machen, die Skizze dazu hab ich schon gezeichnet, da, ich hab sie hinten ins Heft gelegt … Merkst du einen Unterschied? … Richtig, im Heft springt der Tiger von rechts, und in meiner Skizze kommt er von links … Für den Büffel macht es keinen Unterschied, ob er von links oder von rechts aufgefressen wird … Ja, der Urwald ist schön, aber erbarmungslos … Wovon soll der Tiger leben? Der bekommt keinen Flammkuchen von einer freundlichen Elsässerin … Oder hier im Buch der Jaguar, der den Eingeborenen anfällt, den mach ich auch irgendeinmal, ist alles schon da, aber das sag ich nur dir …

Und nachher suchen wir dir eine Katze, im großen »Larousse«, da finden wir sicher auch eine Maus – die Maus sei viel zu groß, hat dein Vater gesagt? … Ein bisschen hat er schon recht, deine Maus ist eine halbe Katze … aber weißt du, dein Bild erzählt eigentlich die Geschichte der Maus und nicht die der Katze … Angst hat sie, das sieht man an den riesigen Augen … Und die Zimmerpflanze habe viel zu große Blätter … und der Vogel, der darauf singe, den gäbe es ja wohl nicht in einer Wohnung … *du* habest einen Vogel, wenn du solche Sachen zeichnest … tja, dein Vater hat es eben mit der Wirklichkeit, die er kennt … Nur, wenn du malst, Claude, dann erschaffst du deine eigene Wirklichkeit … Deine Zimmerpflanze mit den riesigen Blättern ist wunderschön, sie wächst und lebt, und der kleine Vogel darauf singt und lebt, und derweil ist die Maus darunter zum Tod verurteilt, wie der Büffel im Urwald …

Oft verstehen eben die Leute die Geschichten nicht, die wir auf unsern Bildern erzählen … Weißt du, wie der Titel des ersten Gemäldes heißt, das von mir in der Presse abgebildet wurde, vor zwei Jahren? Die haben nur daruntergeschrieben »Der hungrige Löwe«, aber mein vollständiger Titel heißt »Der hungrige Löwe stürzt sich auf die Antilope und frisst sie auf; der Panther wartet begierig auf den Moment, in dem auch er seinen Teil davon haben kann. Raubvögel haben ein Fleischstück aus dem armen Tier herausgehackt, welches eine Träne vergießt! Die Sonne geht unter.« Voilà. Es schadet nichts, den Leuten zu erzählen, was sie sehen, sonst merken sie vielleicht gar nicht, was es mit den zwei blutigen Streifen auf dem Rücken meiner Antilope auf sich hat...

Du möchtest auch gerne Urwälder malen? Sehr gut, dann fangen wir gleich damit an, Urwälder sind das Schönste, was es gibt auf der Welt, außer der Sonne und den Frauen... die Sonne kennst du ja schon, nicht? – Warum hustest du denn so?... Geht's wieder?... Oh, ich sehe gerade, ich habe keine neuen Blätter mehr... Und von Gisbert, dem Papeteristen, bekomm ich keine, bis ich meine Schulden bezahlt habe... Und Foinet, der Farbhändler, will mir keine Farben mehr geben... Ich weiß nicht, wer die Schulden erfunden hat, irgendein gefallener Engel... Aber wenn die Schlangenbeschwörerin fertig ist, kann ich alles bezahlen, das ist ein richtiger Auftrag, die hat die Mutter von Robert, dem Maler, bei mir bestellt, eine vornehme Frau, eine Comtesse, eine wohlhabende Frau, und natürlich eine Frau mit Geschmack...

Aber eigentlich, mein Freund, eigentlich hast du mit dem Urwald schon angefangen auf deiner Zeichnung, nun fahr doch einfach weiter und male dem Baum so viele Blätter, bis das ganze Zimmer voll ist!... Warum nicht?... Dein Vater wird dich wieder auslachen?... Soll ich dir etwas sagen, mein kleiner Künstler? Wenn ich jeweils meine Bilder ausstelle, bei der großen Frühlingsausstellung im »Salon des indépendants«, in der Hunderte von Bildern hängen, weißt du, wie du dort meine

Bilder findest? Du musst einfach dem Gelächter nachgehen. Vor meinen Bildern stehen die Leute und lachen, sie lachen sich krumm!... Warum? Weil sie etwas ganz anderes sehen, als sie erwartet haben... Schau mal, das dicke Kind! rufen sie, und der große Hund, und die Repräsentanten in ihren Karnevalskleidern, und wie der Maler vor dem Modell hockt, als hätte er in die Hosen geschissen, und die Affen, wie doof die aus dem Urwald gucken! – Das soll Kunst sein?... – Tja, dann sage ich mir, entweder sind die Leute dumm oder ich. Und weißt du was? Ich tippe auf die Leute... Erst wenn du ausgelacht wirst, merkst du, dass du ein Künstler bist – warum hustest du?... Geht's wieder?

Also, Claude, wenn du deiner Zimmerpflanze nicht noch mehr Blätter machen willst, dann hätte es hinter der Mausefalle gut noch Platz für einen zweiten Topf mit einem andern Baum. Ich sag dir jetzt was: Gestern war ich auf dem Friedhof, bei meiner Joséphine, die seit vier Jahren dort daheim ist, und wenn es Herbst ist, wie jetzt, nehme ich ein paar farbige Blätter mit nach Hause, um sie zu studieren. Ich war nie auf einer Kunstakademie, dafür gehe ich immer noch zur Schule, musst du wissen, und meine Lehrerin ist die Natur. Als Künstler musst du auch Schüler sein, lebenslänglich, merk dir das. Hier sind die Blätter von gestern, jetzt schau sie alle an, lies dir eins aus und versuch es möglichst genau abzuzeichnen, ja?... Das hier? Schön, das ist von einer Eberesche, ein Fiederblatt, ein Stängelchen mit neun einzelnen spitzen Blättern, prächtig rot, das hast du gut ausgelesen...

Weißt du, dass ich diese Blätter gern brauche in meinen Urwaldbildern? Warum? Sie lockern das Bild auf und wirken trotzdem als Dickicht. Gleich werd ich noch eins in den Wald meiner Schlangenbeschwörerin hineinsetzen – wo?... Hier, hinter dem Schwanz der großen Schlange... Dann malen wir mal beide ein schönes Fiederblatt, meins ist grün, denn der Urwald kennt keinen Herbst, und für deins geb ich dir diesen roten Farbstift... Da hast du zu tun in der nächsten Stunde, bis du ein paar Blättchen zusammen hast, aber malen heißt Geduld haben... Das ist eigentlich das Schwerste an der Kunst, die Geduld. Ich bin sehr ungeduldig, muss ich zugeben, ich bin so ungeduldig, dass ich manchmal in den Kleidern schlafe, damit ich keine Zeit zum Aus- und Anziehen verliere...

Man hat mir auch schon gesagt, diese Blätter und Blumen, die ich da male, gebe es gar nicht im Urwald, und was meinst du, was ich dann entgegne? »Waren Sie schon mal im mexikanischen Urwald?« (*lacht*) Dann sagen sie meistens nichts mehr, denn wer war schon im mexikanischen Urwald... Und willst du die Wahrheit wissen, mein Freund? Ich auch nicht. Weder in Mexiko noch im mexikanischen Urwald. Ich sage das bloß so, weil ich zu der Zeit in der Armee war, als diese auch in Mexiko kämpfte. Ein Glück für mich, dass ich nicht nach Mexiko musste, da haben viele ihr Leben verloren, zwei meiner Schulkollegen aus Laval, Jean-Philippe, der Sohn des Schmieds, und Pascal, dessen Vater Notar war... Der Dümmste und der Gescheiteste der Klasse, und beide hat es erwischt … Die Welt ist grausam, Claude, leider, und der Krieg ein Übel … Was ging es Jean-Philippe und Pascal an, ob in Mexiko ein europäischer Kaiser herrschen sollte? Und dann haben sie den Maximilian trotzdem erschossen … Ich glaube, die Könige haben nicht genug Phantasie, um sich auszumalen, was ein Krieg bedeutet … Wenn ein König Krieg führen will, müsste eine Mutter zu ihm gehen und es ihm verbieten …

Vielleicht könnten die Könige von uns lernen, die Phantasie gehört ja zu unserm Handwerkszeug, wie Farbe und Pinsel … Um einen Urwald zu malen, musst du nicht im Urwald gewesen sein … Das ist das Wunderbare an der Kunst: Im Kopf musst du ihn haben, den Urwald, im Kopf – aber dann musst du ihn natürlich auf die Leinwand bringen …

Mir wird ganz heiß, Claude, wenn ich in meinem Urwald stehe, kannst du mal kurz das Fenster öffnen? … Danke, und was siehst du, wenn du zum Fenster hinausschaust? Den Bahnhof Montparnasse … Ist das nicht phantastisch? Draußen die moderne Zeit, ein Bahnhof, wo Züge ein- und ausfahren, Lokomotiven pfeifen und rauchen, und hier drinnen, bei uns Künstlern, ein Dschungel und eine Mausefalle mit einer blauen Katze … Warum hustest du schon wieder? Ist es der Rauch der Dampflokomotiven? – Herrlich, die frische Luft, ich würde sonst ersticken im tropischen Dunst … Geht's wieder? … Schön, das wird schon, dein erstes Blatt, ich seh's, fahr weiter so, Claude, mach einfach die Augen auf: Alles, was du siehst, gehört dir … Sag mal, war deine

Mutter nie beim Arzt mit dir wegen deines Hustens?... Ach so, es koste zu viel...

Ich muss schauen, dass sich mein grünes Fiederblatt vom dunkleren Grün dahinter abhebt und doch nicht zu hell wird, denn eigentlich ist es Nacht auf meinem Bild, und das Licht darauf kommt vom Vollmond... Ich glaube, ich gebe dem Blatt dahinter noch etwas Blau, von dem, das ich für die beiden Kerzenblumen darunter gebraucht habe...

Manche Wörter in unserer Sprache sind zu groß... Wenn du »grün« sagst, ist es so, wie wenn du »Baum« sagst, du weißt noch nicht, ist es eine Linde, eine Birke, eine Palme oder eine Eberesche... Was meinst du?... Dein rotes Blatt sei an den Rändern etwas gelb? Sehr gut, Claude, sehr gut hast du das beobachtet, wieso hab ich dir nicht gleich einen gelben Farbstift dazu gegeben... Hier ist er, und scheue dich nicht, damit auch ins Rote hineinzuzeichnen, aber gib nicht zu viel Druck, und wenn's zu gelb wird, geh nochmals mit Rot drüber...

Eigentlich ist jede Farbe eine Mischung... Wenn ich das Geld von Roberts Mutter habe, geh ich wieder bei Foinet vorbei und kaufe mir neue Farben, der hat ein ganzes Regal nur mit Grün... Hellgrün, Dunkelgrün, Englischgrün, Tannengrün, Grasgrün, Moosgrün, Pastellgrün, Smaragdgrün, Giftgrün... Aber meine Grüntöne misch ich mir meistens selbst, die müssten auch andere Namen haben, unten links, beim Stelzvogel, diese fleischigen Blätter – wie wär's mit fleischgrün? Und das Gras? Froschgrün? Und das Wasser? Fischgrün? Und die

Schlange um den Hals der Beschwörerin? Schlangen-grün? Krötengrün, dschungelgrün? Ich schreibe auch Gedichte, weißt du das? Und sogar Theaterstücke… Aber die Sprache hat einfach weniger Farben als die Malerei… Du hustest – nimm das Taschentuch hier… Ich höre das nicht so gern, Claude… Von meinen neun Kindern haben sieben gehustet… Erwachsen wurden bloß zwei, und heute lebt nur noch meine Tochter, Julia, sie hat einen Commis voyageur geheiratet, führt in Angers ein spießbürgerliches Leben und schämt sich für ihren Vater, weil sie denkt, Künstler seien Spinner… Ich sage dir etwas, Claude, dein Vater denkt wohl dasselbe, aber deshalb musst du dich nicht schämen für ihn… Er sorgt für dich und hat dich bestimmt gern…

Ein bisschen hat sie sogar recht, meine Tochter…

Ich habe ja zwanzig Jahre im Büro gearbeitet, beim Lebensmittelzoll, ich musste die Verzollungsformulare für die Großhändler ablegen, für die Oliven aus Spanien, den Wein aus Italien, den Tee aus Indien und den Kaffee aus Afrika, aber auch die Formulare mit den Bußen für die Schmuggler, die erwischt wurden… ich war also Zöllner, könnte man sagen… Und weißt du, was ich heute bin?… Schmuggler! Ich habe das Lager gewechselt, ich schmuggle Schönheit in unser Leben… Und gebüßt werde ich auch dafür, sonst wäre mein Geldbeutel nicht so leer… Was ist? Du hörst deine Mutter rufen?… (*geht zum Fenster und schaut hinunter*) Tatsächlich. (*ruft*) Madame Perrot! Danke für den Flammkuchen!… Claude muss einkaufen gehen?… Ich schick ihn gleich runter!…

(*geht zur Kommode, zieht eine Schublade heraus, entnimmt ihr ein Schächtelchen*) Claude, du musst für deine Mutter Kommissionen machen… Und das hier ist meine Musikkasse… Da leg ich das Geld hinein, das ich bekomme, wenn ich als Straßenmusikant gehe und in den Hinterhöfen Geige spiele… Gib es deiner Mutter mit einem Gruß von mir und sag, sie soll damit mit dir zum Arzt gehen… Dein Blatt lässt du vielleicht besser hier, bis zum nächsten Mal… Adieu, gern geschehen, du bist ein begabter Zeichner, Claude, es wäre schade um dich… Unsere Welt braucht Schmuggler, Schmuggler wie dich und mich. Zöllner hat sie genug.

DER BLEISTIFTSTUMMEL
7 Folgen

1

Ich hatte mir nichts dabei gedacht, als ich den kleinen gelben Bleistiftstummel auflas, der auf dem gepflasterten Weg in der Nähe des verfallenen alten Turms lag.

In derselben Nacht aber klopfte es so lange an meine Tür, bis ich öffnete. Zwei Riesen standen davor und packten mich.

»Du hast unsern Bleistift gestohlen«, sagte der eine, »jetzt musst du unsere Geschichte aufschreiben!«

Sie schleppten mich in den Keller des Turms, ketteten mich an einen schweren Tisch, und seither notiere ich jede Nacht beim Scheine zweier Fackeln ihre Untaten in ein großes Buch, muss die Schreie der Gequälten und die erbarmungslosen tödlichen Schläge der Riesen niederschreiben, die sie mit rohem Gelächter schildern, und sooft sie mich den kleinen gelben Bleistiftstummel auch spitzen lassen, er nützt sich nicht ab, und das Buch scheint unendlich viele Seiten zu haben.

2

Als ich den kleinen gelben Bleistiftstummel auflas, der neben einem halb beschriebenen Einkaufszettel auf dem gepflasterten Weg in der Nähe einer Turmruine lag, ahnte ich nicht, welche Folgen das für mich haben würde.

Der Stummel in meiner Hand wurde schwer, und er verwandelte sich in einen goldenen Stift, dessen Spitze gegen den Turm wies, nach dem es mich nun mit unwiderstehlicher Kraft zog.

Ich ging zum Turm, wurde vom Stift um diesen herumgeleitet, und auf der Rückseite sprang er mir aus der Hand und bohrte sich vor einem wilden Kirschbaum in den Boden. Konnte man es mir verargen, dass ich den rostigen Spaten, der an der Turmmauer lehnte, ergriff und ihn so lange in den Boden rammte, bis er auf etwas Hartes stieß? Und die Truhe, die ich jetzt ausgrub, wer von uns hätte sie nicht gehoben, und wer von uns hätte das Schloss, das sich leicht öffnen ließ, nicht aufgesperrt? Und die Bulldogge, die jetzt aus der Truhe schnellte und mich anfiel, wer hätte ihr nicht den Spaten in die aufgerissene Schnauze gestoßen?

Und als nun ein Mann in einem langen schwarzen Mantel aus dem Turm trat, den toten Hund sah und zu mir sagte, ich müsse ihm das Tier mit einem goldenen Stift vergüten – war es da nicht richtig, ihm den Stift auszuhändigen und mich, eine Entschuldigung murmelnd, auf den Weiterweg zu machen?

Wie konnte ich wissen, dass mich der Schwarzbemäntelte alsogleich in einen kleinen gelben Bleistiftstummel verwandelte, dem als Einziges, was er noch tun konnte, blieb, seine Geschichte auf dem Einkaufszettel aufzuschreiben, unter den Wörtern Brot, Milch, Halbrahm, Heidelbeerjogurt, Streichhölzer?

3

Gerade war mir, als ich auf meinem Spaziergang an einem alten, verfallenen Turm vorbeikam, die Anfangszeile eines Liedes in den Sinn gekommen, und ich merkte, dass ich zwar ein Notizblöcklein bei mir hatte, jedoch nichts zum Schreiben.

Da fiel mein Blick auf einen kleinen gelben Bleistiftstummel, der vor mir auf dem gepflasterten Fußweg lag. Ich bückte mich, ergriff ihn, schrieb die Zeile auf, und sogleich fielen mir alle andern Zeilen ein, die das Lied haben sollte, und ich schickte sie noch am selben Abend dem Komponisten, der darauf wartete.

Das war vor etwa 30 Jahren. Das Lied wurde ein Welthit, der mir jedes Jahr so viel einbrachte, dass ich sonst nichts mehr zu schreiben brauchte.

Für den kleinen gelben Bleistiftstummel ließ ich mir eine Glasvitrine mit einem roten Sammetkissen machen, die ich auf ein Regal stellte, umgeben von all den goldenen Schallplatten, die er mir eingebracht hatte.

Mehr als einmal nahm ich ihn heraus und brachte damit noch die verschiedensten Lieder zu Papier, ich ging sogar mit ihm spazieren, warf ihn auf den Boden und las ihn auf, um dann ein Lied in mein Notizbüchlein zu schreiben, und die meisten davon schienen mir besser, gelungener, geschliffener, aber kein Einziges hatte auch nur annähernd denselben Erfolg.

4

Seltsames passierte, als ich während eines Spaziergangs, einer Laune folgend, einen kleinen gelben Bleistiftstummel vom Boden eines gepflasterten Weges auflas.

Ein alter Turm, der in der Nähe stand, fiel polternd und krachend in sich zusammen, ein Rudel Wölfe brach aus einem Waldrand hervor und fiel in das Dorf ein, das ich eben verlassen hatte, ein Frachtflugzeug, aus dessen Triebwerken Flammen schlugen, raste knapp über die Dächer des Dorfes und stürzte in die Weinberge dahinter, in die es einen rauchenden Trichter riss, auf dem Friedhof neben der Kirche taten sich die Gräber auf, und eine Prozession von Toten erhob sich und schlug psalmodierend den Weg zum Autobahnzubringer ein.

Als ich, vom Schrecken gezeichnet, im Haus meiner Freunde ankam, bei denen ich zu Gast war, schwenkten diese einen Zettel mit der Nachricht, mein Theaterstück, an dem ich drei Jahre gearbeitet hatte, sei vom Burgtheater Wien zur Uraufführung angenommen worden.

Sonst aber blieb alles beim Alten.

Ich zögerte einen Moment, als ich bei einem meiner Spaziergänge in der Nähe eines alten, verfallenen Turms einen kleinen gelben Bleistiftstummel auf einem gepflasterten Weg liegen sah. Er war ziemlich verschmutzt, und es konnte gut sein, dass der Rest seiner Mine gebrochen war.

Doch meine Liebe zu Bleistiften siegte.

Ich las den Stummel auf, nahm ihn mit nach Hause, wusch ihn, und wie die Gewinn-Nummer eines Loses erschien unter der Dreckkruste die Nummer 2, mit der ich am liebsten schreibe. Ich spitzte ihn, ohne dass die Mine abbrach, steckte den Stummel in einen roten Bleistiftverlängerer, begann den ersten Satz einer Ansprache zu schreiben, die ich nächstens zu halten hatte, und freute mich, wie gut der Stift ansprach und wie gut meine Gedanken in Fluss kamen.

Seither beginne ich alle meine Entwürfe mit dem gelben Bleistiftstummel, der langsam kleiner wird, und sehe mit einer gewissen Bange dem Moment entgegen, da ich ihn nicht mehr weiter spitzen kann.

Man trifft mich wieder vermehrt auf Spaziergängen, den Blick eher auf den Boden als in die Ferne gerichtet.

6

Bleistiften kann ich schwer widerstehen.

Wenn sie an einem Werbestand zum Mitnehmen aufliegen, stecke ich immer einen ein; auch in Hotelzimmern sind manchmal welche neben einem Notizblock beim Telefon bereit, und egal, wie schlecht sie sein mögen, ich nehme sie mit.

Enthält so ein Bleistift nicht, sage ich mir, Hunderte von Wörtern, Geschichten gar, die er mir preisgibt, wenn ich ihn in die Hand nehme und mit einem leeren Blatt Papier herausfordere?

So musste ich auch den kleinen gelben Bleistiftstummel auflesen, den ich bei einem Spaziergang auf dem gepflasterten Weg in der Nähe eines alten, verfallenen Turmes erblickte. Doch als ich ihn in die Hand nahm, um ihn kurz mit einem Papiertaschentuch zu reinigen, fiel seine Holzummantelung auseinander und gab eine mehrfach gebrochene Mine frei, die offensichtlich zu nichts mehr zu gebrauchen war, und so ließ ich die Bleistifttrümmer wieder fallen und ging weiter.

Woher kam mein ungutes Gefühl, mit dem ich noch eine ganze Weile kämpfen musste? Als hätte ich soeben einen Verletzten im Stich gelassen?

Als ich während eines Spaziergangs auf einem gepflasterten Weg in der Nähe eines alten, verfallenen Turms einen
kleinen gelben Bleistiftstummel liegen sah, bückte ich
mich, um ihn aufzulesen.

Doch dann hielt ich inne.

»Ein Bleistiftstummel?« dachte ich, »im Ernst, was soll
ich mit einem Bleistiftstummel?«

Ich richtete mich wieder auf und ging weiter.

In der Ferne war, wie ein Abbild des Himmels, das
Meer vor der ligurischen Küste zu sehen.

JUCKREIZ

Da sitzt einer.

Da sitzt einer an seinem Tisch und liest eine Zeitungsbeilage.

Sie ist betitelt mit »Nachhaltigkeit«, enthält verschiedene Artikel über Energie, und er hat sie sich zur Seite gelegt, um sie am Wochenende in Ruhe studieren zu können. Häufig liest er Zeitungen nur flüchtig, zieht sich aber längere Artikel oder Beilagen, welche ihn interessieren, heraus, um sie später zu lesen. Er legt sie auf einen kleinen Stapel, der auch aus Wochenzeitschriften und Bulletins von Organisationen besteht, die er unterstützt oder die um seine Gunst werben. Allerdings hat er schon länger die Erfahrung gemacht, dass er nie alles lesen kann, was sich dort anhäuft, und alle paar Wochen muss er den Turm aus Welthunger, Walfischen, Solarenergie, Islamismus, Demenzprophylaxe und multikultureller Erziehung wieder abbauen, wobei er gewöhnlich den unteren Teil hervorzieht, damit zum Zeitungshalter geht und, bevor er ihn aufs Altpapier schichtet, am Boden kniend, im schlechten Licht in der Ecke des Korridors noch den einen oder andern Artikel überfliegt, im schlimmsten Fall sogar einen davon rettet und ihn aufseufzend wieder zum verbleibenden Stapel zurückträgt.

Nun liest er also in einem Bericht über Einsparungen einer Klinik an Energie und Wasser, wie wichtig die Anpassungen von Heizkennlinien und Solltemperatur an der Heizungsanlage seien. An dieser Stelle hebt er, ohne die Zeitung loszulassen, die linke Hand, um sich mit dem Rücken des Zeigefingers kurz die Nasenspitze zu reiben. 14 % Verbrauch und somit auch Kosten, liest er weiter, seien durch richtiges Energiedatenmanagement eingespart worden. Er hält einen Moment inne und merkt, dass er vorhin ein Wort überlesen hat, das ihm nicht vertraut ist. Er lässt die rechte Zeitungsseite los, schreibt auf seinen Notizblock »Heizkennlinie« und versieht den Begriff mit einem Fragezeichen. Die Beilage erschien im Vorfeld einer Messe für Nachhaltigkeit, die er mit seiner Oberstufenschulklasse besuchen möchte. Bevor er die Zeitung mit der rechten Hand wieder anfasst, kratzt er sich mit dem Kugelschreiber am linken Nasenflügel.

Er ist Lehrer, nennen wir ihn Markus, und er hat im Sinn, mit seiner Klasse eine Projektwoche zum Thema Energie zu machen, in der die Schüler auch Vorschläge zur Energieeffizienz des Schulhauses erarbeiten sollten. Dieser Ausdruck ist in den Artikeln mehrmals zu lesen, er legt nun die Zeitung nieder und notiert ihn unter Heizkennlinie, überlegt sich dann, ob irgendjemand, vor die Aufgabe gestellt, ein Wort zu nennen, das die Buchstabenfolge »eeff« enthält, auf »Energieeffizienz« kommen würde.

Mit dem Daumen und dem Zeigefinger der linken Hand schiebt er die Brille etwas hoch, reibt sich die Nasenwurzel und fährt sich dann noch kurz über beide Augenbrauen.

Beim Blick auf seinen Notizblock wird ihm klar, dass er schon wieder vergessen hat, was genau netzgekoppelte Solar-Wechselrichter sind, obwohl er dazu »Turnhalle« geschrieben hat. Vielleicht müsste er einer Gruppe von Schülern die Aufgabe stellen, auf der Messe alle Ausdrücke aufzuschreiben, die sie nicht verstehen.

Er macht sich eine entsprechende Notiz, rubbelt sich kurz die Mundwinkel und liest dann die Frage an den Fachmann, wie viele Energiekosten man durch eine energieeffiziente Elektroinstallation sparen könne. Die Antwort: »Das ist schwierig festzustellen, denn jede Installation ist individuell.«

Er schüttelt den Kopf und lacht trocken. Dazu braucht er wahrlich keinen Fachmann. Während er mit der linken Hand die Seite umschlägt, hebt er mit der rechten Hand den Brillenbügel und kratzt sich mit dem Mittelfinger hinter dem Ohrläppchen. Zuoberst auf der nächsten Seite bleibt sein Blick auf einem Foto stehen. Es zeigt einen Fragenden und einen Befragten, Fachleute schon wieder, und der Befragte hat den Kopf zur Seite geneigt, stützt den Ellbogen auf einen Tisch und hält eine Hand so vor den Mund, dass der Zeigefinger direkt unter den Nasenlöchern durchgeht.

Markus ist elektrisiert. Dem naiven Betrachter mag dies eine natürliche Haltung scheinen, wie sie oft von Zuhörenden eingenommen wird. Sie erlaubt ihnen dann auch, wenn sie zu einer Äußerung schreiten, den Mund wirkungsvoller freizusetzen, verbunden etwa mit einem leichten Vorschnellen des Oberkörpers. Aber für ihn bedeutet das Bild etwas anderes.

Warum?

Er wird seit längerem von einem Juckreiz heimgesucht, den wahrzunehmen er sich anfänglich weigerte. Darauf reagierte er so, wie das menschliche Nervensystem es offenbar vorgesehen hat, er rieb sich an der betroffenen Stelle. Diese Stelle war zuerst vor allem die Nase und ihre engere Umgebung. Ein Kribbeln an der Nasenspitze oder zwischen den beiden Nasenlöchern hielt so lange an, bis er mit seinen Fingern eingriff und es zum Erliegen brachte. Oft hatte er das Gefühl, ein winziges Insekt laufe ihm übers Gesicht, er hatte auch schon blitzschnell über seinem Nasenrücken zugepackt, weil er sicher war, etwas in die Hände zu kriegen, und sei es nur ein Spinnenfaden, aber nie hatte er danach irgendetwas gesehen. Während er unterrichtete, war er durch seine Tätigkeit abgelenkt, aber sobald er allein war, konnte es seiner Aufmerksamkeit nicht mehr entgehen, dass hier etwas im Gang war, das ihn ernsthaft störte. Sein Gesicht war zur Angriffsfläche für einen unsichtbaren Feind geworden, der versuchte zur Nasenspitze vorzudringen und dabei auch über die Ohren, die Brauen, das Jochbein, das Kinn oder die Kiefer einbrach.

Markus, der immer ein Dynamiker gewesen war, entwickelte ein gewisses Geschick in seiner Gestik, die nun häufig das Gesicht streifte und ihm, wenn er eine Handbewegung dazu benutzte, sich beiläufig zu kratzen, den Anschein eines schnellen Denkers gab, der zur Unterstützung seiner Gedanken noch kurz mit den Händen nachhalf.

Der Besuch bei einem Dermatologen war ergebnislos verlaufen. Dieser war mit seiner Gesichtshaut durchaus zufrieden, konnte keine Rötungen, Flechten oder sichtbare Reizungen erkennen, fragte ihn nach beruflichem Stress, den Markus durchaus vorweisen konnte, empfahl ihm dann, täglich eine Feuchtigkeitscrème aufzutragen, und für den Fall, dass dies ohne Wirkung bleiben sollte, schrieb er ihm ein Rezept für eine cortisonhaltige Salbe. Von Markus nach einer Diagnose gefragt, sagte der Arzt, es handle sich um einen idiopathischen Pruritus.

Das Wort Pruritus war Markus bekannt, aber was denn, fragte er, mit idiopathisch gemeint sei, worauf der Arzt, leicht verlegen, wie es Markus schien, zur Antwort gab, das heiße, dass man nicht wisse, woher er komme. Wenn ihm das lieber sei, könne er ihn auch »Pruritus sine materia« nennen, das sei der andere medizinische Ausdruck dafür, der dasselbe meine, einen Juckreiz ohne materielle Ursache. Und ob das häufig sei, fragte Markus. Häufiger als man meine, sagte der Arzt.

Es erstaunte Markus nicht, dass die Feuchtigkeitscrème, die er von da an regelmäßig anwandte, gar nichts brachte, aber er war entschlossen, die verschriebene Salbe nicht zu benutzen, zu viel Negatives hatte er über die Nebenwirkungen von Cortison gelesen.

Gegen das Jucken am Haarboden, das sich nach einer Weile einstellte, vermochte auch das Medizinalshampoo, das man ihm in der Apotheke empfahl, nichts auszurichten. Er begann eine Mütze auf seinem Krauskopf zu tragen, die er öfters auf- und absetzte und dabei jeweils mit dem Mützenrand mit möglichst großem Druck über die Kopfhaut fuhr. Er hätte große Lust gehabt, sich mit den Fingernägeln den Schädel blutig zu kratzen, und wusste zugleich, dass auch dies sinnlos wäre, denn er hatte das Gefühl, der Juckreiz sitze eigentlich in den Haarwurzeln.

Etwas bedrängte seinen Kopf, und er wusste nicht, was es war. Er wollte es aber wissen, und vor allem wollte er es weg haben, und so begann ein langer Weg durch die Angebote der Homöopathie, der Naturheilkunde, Akupunktur, Fußreflexzonenmassage und Craniosakraltherapie, er bestellte in der Apotheke Medikamente, die man zum Teil von Lieferanten zweifelhaften Rufs kommen lassen musste und die ihm mit einem leichten Stirnrunzeln ausgehändigt wurden. Einmal suchte er sogar einen Zigeuner auf, der als Wunderheiler galt und der ihn, als er seinen Wohnwagen betrat, ohne sich umzudrehen fragte, ob er wegen des Kopfes komme: »Chunnsch wägem Grind?« »Ja«, hatte Markus erstaunt gesagt, und da erst wandte sich der Zigeuner, der sich Django nannte, ihm zu, schaute ihn von oben bis unten an, lachte und sagte, er müsse raus aus diesem Land, »muesch zum Land us!«. Auf die Frage, wohin, sagte Django: »as Meer«, drehte sich wieder um, und damit war die Konsultation beendet.

Als Markus dann in seinen nächsten Ferien an die Adria fuhr, stellte er tatsächlich eine leichte Besserung fest, die jedoch verflog, sobald er wieder zu Hause war. Er wollte aber zu Hause bleiben, sein Beruf hier gefiel ihm, und ein lächerlicher Juckreiz sollte ihn nicht zum Auswandern zwingen.

Wer so weit gegangen ist, sucht irgendeinmal zähneknirschend eine Psychologin auf. Markus tat dies auf den Rat seiner Freundin, mit der er damals zusammenlebte. Sein ständiges Kratzen und Knibbeln und die zunehmende Unrast, die damit verbunden war, hatte sie irritiert und auch eine Vorsicht in ihre Zärtlichkeiten eingebracht, die ihr missfiel. Es konnte sein, dass er, wenn sie über sein Haar strich, aufstöhnte, ihre Hand mit aller Macht auf seinen Kopf drückte und sie dort hin und her führte, etwas, das mit erotischer Lust gar nichts, aber mit dem Abtöten eines Juckreizes alles zu tun hatte. Zudem hatte sie mit leisem Schrecken bemerkt, dass sie sich selbst zu kratzen begann.

Als Markus nach einigen Sitzungen zur Einsicht kam, er hätte keine langjährige Bindung eingehen sollen, war das für die Freundin keine Überraschung, und sie beschlossen, sich zu trennen. Beiden fiel es schwerer, als sie gedacht hatten, und Markus' Hoffnung, das Lösen der Beziehung erlöse ihn auch vom zwanghaften Juckreiz, erfüllte sich nicht.

Und da sitzt er nun, 35jährig, im heutigen Sprachgebrauch ein Single, nimmt eine Schere zur Hand und schneidet sich das Bild mit dem nachdenklichen Interviewten aus. Dann geht er zur Bücherwand, deren niedrigere Regale von Unterlagen, Unterrichtsmaterialien und sonstigem Aufbewahrtem überquellen, zieht dort einen Kartonordner mit der Aufschrift »Pr. 4« heraus und trägt ihn zum Tisch.

In seinen vier »Pr.«-Ordnern hat er alles gesammelt, was mit Pruritus zu tun hat, in »Pr. 1« seine eigene Geschichte mit allen Bekämpfungsversuchen, die er sorgfältig protokollierte, in »Pr. 2« den Pruritus als Syndrom, »Pr. 3« enthielt Videoaufzeichnungen und »Pr. 4« Fotos.

Es war Markus nämlich aufgefallen, dass er mit seinem Jucken nicht allein war, und er hatte begonnen, seine Mitmenschen auf ihre verstohlenen Kratzbewegungen hin zu beobachten. Eine Teamsitzung des Kollegiums war bereits sehr ergiebig; wenn einer sprach und die andern zuhörten, sah man da oder dort eine Hand unter einen Pullover greifen und kurz die Nierengegend kneten oder einen Daumen, der mit dem Zeigefinger zusammen die Nasenspitze in die Klemme nahm, oder einen Mittel- und Zeigefinger, die bedächtig das Ohrläppchen abrieben, während sich der Daumen unter dem Kiefer zu schaffen machte.

Und was er im kleinen Kreis feststellte, war durchaus auch in der Öffentlichkeit zu erkennen. In der »Tagesschau« begann er sein Augenmerk auf Sitzungen zu richten, von denen jeweils ein kurzer Ausschnitt zu sehen war, und wenn sich zwei Delegationen an einem Tisch gegenübersaßen, konnte man sicher sein, dass sich eines der Mitglieder mit der Hand in den Nacken griff oder in den Hemdkragen fuhr. Auch der Blick auf ein zuhörendes Parlament war interessant. Wer sein Kinn in die Hand gestützt hatte, hatte ja sämtliche Finger frei, wobei häufig der kleine Finger im Augenwinkel oder im Tränensack zum stillen Einsatz kam. Im Aufstützen des Kinns durch beide Hände gab es reiche Variationen, sei es, dass die beiden Daumen die Unterkiefer bearbeiteten oder die zwei Zeigfinger in die Nasenflügel stachen, oder beides zusammen. Markus ließ, seit ihm das klar geworden war, bei der Tagesschau stets ein Video mitlaufen und kopierte sich jedes Schläfenkratzen, Nasenbeinkneifen und Adamsapfelzupfen heraus. Diese Ausschnitte hängte er zu langen Sequenzen zusammen, in denen man ausschließlich Menschen sah, die sich kratzten, ohne dass ihnen das selbst wohl auffiel.

Die Perlen seiner Sammlung nannte er die Präsidentensuite, dort war etwa die deutsche Bundeskanzlerin zu sehen, wie sie eine Mappe auf den Tisch stellte und sich dann an den Kopf griff, und was für andere ein Zurechtrücken der Frisur war, erkannte Markus untrüglich als blitzartige Befriedigung eines Juckreizes. Auch die englische Königin kam darin vor, wie sie sich, nachdem sie sich an einem Pferderennen geschneuzt hatte, noch schnell mit dem Zeigefinger unter der Nase rieb. Selbst den Papst hatte er dabei erwischt, wie er mit den zum Gebet gefalteten Händen seine andächtig geneigte Stirn kurz massierte. Durch die häufige Haltung bei Pressekonferenzen, wo hochrangige Politiker in Erwartung der Fragen ihre gekreuzten Hände unter das Kinn schoben, ließ sich Markus nicht täuschen. Der israelische Ministerpräsident und der französische Staatspräsident kratzten sich vor der Antwort noch rasch oberhalb der Lippen oder am Wangenknochen, und politische Niederlagen waren, wie z. B. beim amerikanischen Präsidenten vor dem Kongress, oft daran zu erkennen, dass drei Finger, mit denen der Unterlegene sein vorgebeugtes Haupt stützte, ganz kurz die Kopfhaut kraulten, für Markus ein klares Zeichen von Pruritus sine materia. Wenn es eine materia gab, dann eben das Ergebnis der Abstimmung.

Er kam mehr und mehr zur Ansicht, dass der grundlose Juckreiz eine verdeckte Krankheit unserer Zeit sei, und was immer ihre Ursache war, sie war ansteckend und epidemisch. Vergeblich suchte er die Fachliteratur nach einem Hinweis auf ein mögliches Juckvirus ab, von dessen Existenz er überzeugt war. Dieses Virus, so stellte er sich vor, verursachte etwas wie Insektenstiche von innen, welche Histamine an die Oberfläche schickten. Die Erwähnung der Spiegelneuronen als Grund für die ansteckende Wirkung des Kratzens, also für eine Verhaltensnachahmung ähnlich wie beim Gähnen, genügte ihm nicht. Er glaubte an eine übertragbare Krankheit, er nannte sie Juckpest, und er sah sich selbst als gefährlichen Träger davon. Das Kratzen der Kolleginnen und Kollegen in der Sitzung musste nicht zuletzt damit zu tun haben, dass er das Juckvirus mit sich herumtrug.

Er wurde sparsamer mit Berührungen, hob lieber die

Hand zum Gruß, als dass er sie zum Drücken ausstreckte, hörte auf, die Frauen freundschaftlich zu küssen, verweigerte sogar seiner Mutter einen Wangenkuss, der zwischen ihnen bei Begrüßung und Abschied üblich war. Der Weg zum Sonderling war geöffnet.

Und jetzt?

Jetzt zieht er eine Mappe mit Fotos hervor, legt sie auf den Tisch und macht sie auf. Zuoberst schaut ihm ein Skispringer entgegen, der nach einer langen Strecke der Erfolglosigkeit wieder zu siegen begann und sich lachend an den Hinterkopf greift, eine Bewegung, deren wirkliches Motiv nur Markus durchschaut. Helmträger, die meistens auch dem Wind ausgesetzt sind, gehören fast generell zu den Angesteckten, und wenn sie sich nach dem Abnehmen des Helms kurz die Haare nach hinten streichen, mag das für andere wie ein natürliches Bedürfnis nach ordentlicher Erscheinung aussehen, aber Markus lässt sich dadurch nicht täuschen, es geht dem Enthelmten um nichts anderes als darum, so unauffällig wie möglich einem furchtbaren Juckreiz Genüge zu tun.

Nun beschriftet Markus seinen Fund, legt das Zeitungsblatt in die Mappe und vergisst dabei, dass auf der Rückseite der Artikel mit der Heizkennlinie und dem Energiedatenmanagement steht, den er eigentlich aufbewahren wollte, denn gerade hat er das Datum des nächsten Treffens gesehen, das kommende Woche stattfindet.

Er hat nach einem Aufruf im Internet mit andern zusammen eine Gruppe Pruritus-Betroffener gegründet, das Echo war erstaunlich, fast ein Dutzend Menschen hatten sich gemeldet, und die versammelten sich nun einmal im Monat, um sich über ihr Leiden und dessen Begleitumstände auszutauschen und über neue Erkenntnisse oder Heilungsmöglichkeiten zu sprechen. Dieser Gruppe gehört seine eigentliche Leidenschaft, und wenn jemand von ihnen von einer neuen Therapie oder einem Forschungsergebnis erzählt, sitzen die andern da und kratzen sich, kratzen sich überall, wo es einen jucken kann, in den Nasenlöchern, an den Augenlidern, in den Ohrmuscheln, am Handrücken, an den Fesseln, am Bauchnabel, am Hintern und an den Genitalien, und die Ausführungen des Erzählenden werden von einem leisen wohligen Stöhnen unterlegt, denn es gehört zu den Regeln der Zusammenkünfte, dass man in der Befriedigung des Juckreizes die Zurückhaltung ablegen darf, der man im normalen Alltag unterworfen ist. Es wird auch viel gelacht in den Sitzungen, wenn die Menschen berichten, welche Tricks sie anwenden, um sich unbemerkt kratzen zu können. Einer hat seine Kontaktlinsen wieder gegen eine Brille eingetauscht, weil er sich durch das kurze Abnehmen und Wiederaufsetzen der Brille, das ihm den Anschein von Nachdenklichkeit gibt, die Möglichkeit verschafft, sich mit den Brillenbügeln im Haaransatz zu kratzen, eine Frau, die es vor allem zwischen den Schulterblättern juckt, hat sich eine große Zahl japanischer Kratzhändchen gekauft, schenkt jedem ihrer Besucher eines und kann sich so im Verlauf einer Einladung immer wieder ungezwungen kratzen, um die Anwendung des Geschenks zu demonstrieren. Der Kreis der Mitglieder wächst stetig, in ihrem internen Slang nennen sie sich inzwischen »die Pruritaner«.

Dennoch, für Markus ist es eine ernste Sache. Wenn er jetzt aus einer weiteren Mappe den Artikel hervorholt, den er sich aus dem Internet ausgedruckt hat und in dem Forscher behaupten, der Juckreiz werde nicht, wie bis anhin vermutet, auf derselben Nervenbahn wie der Schmerz transportiert, sondern auf einer gesonderten, dann stützt das seine Überzeugung, dass dem Jucken von der Natur eine Bedeutung zugedacht ist, die wir noch nicht richtig erfasst haben, und dass die Welt erst am Beginn einer Epoche steht, in der sich die Juckpest über den ganzen Planeten verbreiten wird und Milliarden von Menschen vorrangig damit beschäftigt sein werden, sich, bevor sie irgendetwas anderes tun und denken können, zu kratzen, zu kneifen, zu reiben und zu rubbeln, um jenen gigantischen, allgegenwärtigen und unstillbaren Juckreiz zu beschwichtigen, von dem niemand weiß, woher er kommt und was er mit uns vorhat.

DER SENDER

Was für ein Sturm.

Zwei Tage hatte es ununterbrochen geschneit, und nun, gegen Abend, hatte sich ein Wind erhoben, der sich heulend von den Felswänden auf das Haus hinunterstürzte, an den Fensterläden rüttelte und dann wieder wimmerte, als zögen hoch oben die armen Seelen über die Krähenflühe.

»Wie das tut«, sagte Jöri, der auf dem Ruhebett lag und sein geschwollenes Bein auf der Lehne hochgelagert hatte.

Seine Frau trat mit einem dampfenden Becken zu ihm.

»Ein Kabiswickel«, sagte sie, »das wird schon helfen.«

Sie zog Blätter aus dem Wasser, legte sie Jöri auf das Bein, wickelte ein Handtuch darum und band dann alles mit einer elastischen Binde ein.

Jöri verzog den Mund, murmelte, sauheiß sei dieser Kabis, doch Lina sagte, nur dann wirke er auch, und vielleicht wäre es doch besser gewesen, sie hätten sich heute mit dem Helikopter auch ausfliegen lassen wie Martin und Vreni und wie der Benz, jetzt seien sie die Einzigen da oben.

Wenn es so weiterschneie, könne man sie ja morgen mitnehmen, meinte Jöri, er wolle eben einfach keine Umstände machen, gerade jetzt, wo ihm das Gehen so schwerfalle.

Das wäre erst recht ein Grund zum Ausfliegen, sagte Lina; wenn es ihm schlechter gehe, könne ja nicht einmal ein Arzt kommen.

Sie solle nicht immer so trübsinnig sein, sagte Jöri, und ob sie ihm nicht etwas Lustiges erzählen könne.

Lina lächelte. Die vom Lenggenhof seien doch ausgeflogen, schon letzte Woche, weil sie zu nah am Brätterenlauizug seien, und am nächsten Tag sei Oliver, der Zehnjährige, ins Nachbardorf zur Schule gegangen. Als die Lehrerin gesagt habe, die Kinder sollen ihr Mathematikbuch hervornehmen, hatte Oliver keins. Warum er es nicht dabeihabe, fragte die Lehrerin, und weißt du, was Oliver zur Antwort gab? Der Helipilot habe gesagt, sie sollen nur das Nötigste mitnehmen.

Jöri lachte, dann sagten beide eine Weile nichts. Das Heulen des Sturmes wurde tiefer. Es schien vom Tal herauf zu kommen.

»Und wir sind immer noch da«, sagte Lina. »Aber gepackt habe ich schon, wenn sie uns morgen holen.«

»Hast du mein Mathematikbuch dabei?« fragte Jöri.

Lina lachte, dann wurde sie ernst. »Nein, nur das Gebetbuch.«

Wieder sagten sie nichts und horchten hinaus.

Das Heulen schwoll an und ab.

»Stell doch das Radio an«, bat Jöri, »gleich kommt der Wetterbericht.«

Seine Frau ging zur Kommode, auf der neben Hochzeitsfotos in Standrähmchen, einer Petrollampe, einer in Stein eingelassenen Tischuhr mit zwei Gämsen drauf, einer Miniatur der Ottilienkirche im Schwarzwald und einer geschnitzten Mater dolorosa im Strahlenkranz ein Kofferradio stand, über dem, farbig zunächst, dann immer blasser oder bräunlicher, alle die Verwandten und Vorfahren ihrer weitverzweigten Familien an der Wand hingen.

Sie seufzte. »Wo muss ich schon wieder drücken?« fragte sie und begann am Ring zu drehen.

»Den zweitäußersten Knopf rechts«, sagte Jöri ungehalten. »Und drücken, nicht drehen. Sonst müssen wir den Sender wieder suchen.«

Lina drückte den zweitäußersten Knopf, und die Frauenstimme, die jetzt zu hören war, war erstaunlich klar und ungestört; sie kündigte den Wetterbericht an, der von einem Mann verlesen wurde. Er sagte Sturmböen und anhaltende Schneefälle bis in die Niederungen voraus und schloss mit dem Satz:

Mag es toben, mag es stürmen
ist doch Einer, der dich hält
Gütig wird Er dich beschirmen
Er, der Hüter aller Welt.

Jöri und Lina schauten sich an. Sie kannten den Spruch, denn sie hatten ihn an der Wand aufgehängt, vor der die Kommode stand.

Lina schüttelte den Kopf. »Das bedeutet nichts Gutes.«

»So gut wie die Hoch- und Tiefdruckgebiete ist es allemal«, meinte Jöri, obwohl er diese Art von Prognose auch noch nie gehört hatte.

Die beiden stutzten gleich nochmals, als jetzt die Abend-Nachrichten kamen und als deren Sprecher Bartlomé Epp genannt wurde.

Bartlomé Epp war ein verstorbener Onkel von Jöri, er war Pfarrer gewesen, sein Bild hing an der Wand in der Verlängerung des Kofferradios inmitten der Fotogalerie, und die Stimme, die jetzt erklang, war zweifellos die seine, obwohl er schon über dreißig Jahre tot war.

Er möchte den Hörerinnen und Hörern, die ja meistens mit schlechten Nachrichten überschwemmt würden, einmal gute Nachrichten bringen.

»Aber das ist doch …«, sagte Lina.

»Er ist es«, sagte Jöri, richtete sich auf seinem Ruhebett auf und vergaß sein krankes Bein, »es ist Onkel Bartlomé!«

Auch Lina hatte ihn gut in Erinnerung, denn er hatte sie seinerzeit getraut.

Und nun begann dieser mit wohltönender, väterlicher Stimme zu erzählen, dass es all denen, die von uns gegangen seien, gut gehe, denn sie seien geborgen in einer andern Existenz, von der wir nicht einmal ahnten, wie schwerelos und glückselig sie sei. Und da er nicht allgemein bleiben wolle, möchte er ihnen von Menschenkindern erzählen, die er selber in diesen Gefilden angetroffen habe, Menschenkinder, die vielleicht der eine oder andere der Hörerinnen und Hörer auch gekannt habe.

Seine Schwester Beth etwa, die ja nicht nur seine Schwester gewesen sei, sondern auch Gemeindeschwester im Tal, sei ihm kürzlich entgegengekommen auf einem seiner langen Spaziergänge, die so leicht und körperlos seien, wie man sich das als Erdenkind kaum vorstellen könne, und habe ihm zugeflüstert –

»Tante Beth …«, sagte Jöri, »Tante Beth – ist das möglich?«

»Tante Beth«, sagte Lina, »die starb ja kurz nach ihm, an einer Lungenentzündung, von der Nachtwache im eiskalten Haus vom alten Oski –«

»Still!« zischte Jöri, und nun erzählte ihnen Onkel Bartlomé, wie ihm Schwester Beth von der großen Ruhe im Licht und von der Schönheit geschwärmt habe und wie anrührend es sei, Seelen zu begegnen, die man gepflegt und vielleicht sogar getröstet habe, und wie auch ihre Mutter Wilhelmine –

»Die Großmutter«, flüsterte Jöri, »unsere Großmutter …«

– und ihr Vater Otto-Karl –

»Dein Großvater«, flüsterte Lina und bekreuzigte sich.

– wie die also alle da seien und doch nicht anwesend

die ganze Zeit, aber so, dass man spüre und wisse, sie seien da, ohne dass man sie zu sehen brauche, denn Sehen und Hören und Riechen trete alles in den Hintergrund, man müsse von Erkennen sprechen, man erkenne sich, und auch Wünschen und Sehnen gebe es nicht mehr, es sei nur noch ein Ahnen, und das Vermissen sei zu einem Warten geworden, ein Warten auf die Nächsten, wie der Candid, der ihm gesagt habe –

Linas Augen blitzten auf. »Der Candid?«

»Der vom Holderhof«, sagte Jöri.

– er habe so früh gehen müssen –

»Abgestürzt, der Wilderer«, murmelte Jöri, »in den Krähenflühen.«

Lina schneuzte sich.

– er hätte eigentlich gern gewusst, was aus Linas Ruedi einmal geworden sei –

»Was geht das den an?«, fragte Jöri, »hast du das gehört?«

Lina liefen die Tränen über das Gesicht.

– aber das sei nun alles so weit weg wie Kleider, die man lang schon abgelegt habe, und tue nicht mehr weh –

Lina schluchzte.

Jöri stand auf. »Was ist das für ein Sender?«

Er humpelte zum Herrgottswinkel, um zu sehen, wo der Zeiger auf der Skala des Kofferradios stand.

»Habt keine Angst«, sagte Onkel Bartlomé, während sich Lina mit dem Schürzenzipfel die Augen trocknete, »da wo ich bin, ist es –.« Die Stimme brach ab, an ihrer Stelle war nur noch ein Rauschen im Lautsprecher zu hören, ein Rauschen und Rumpeln und Rollen, das rasch immer stärker wurde, so stark, dass es alle Ahnen und Hochzeitspaare von der Wand fegte, die Maria im Strahlenkranz hinunterwarf und Jöri an seine Lina drückte, dass es den beiden die Ohren sprengte und sie sich umarmen mussten wie in ihrem ganzen Leben noch nie.

DIE GRENZE

Es war kurz vor drei Uhr morgens, als er erwachte. Soeben war er im Traum mit einer schwächelnden Taschenlampe durch eine nächtliche Stadt getappt, die vollkommen im Dunkeln lag, und war vor einem riesigen Generator gestanden, der auf einmal mit einem tiefen Brummen ansprang. Von diesem Brummen war er aufgewacht.

Jetzt stand er im Klo und horchte. Nichts.

Dann schlüpfte er in den Bademantel, öffnete die Tür seiner Baracke und trat hinaus. Die Sterne flackerten betörend am Himmel, und ringsum lauerte eine Stille, an die er sich noch immer nicht ganz gewöhnt hatte. Die Baracke war Teil des kleinen Camps in der demilitarisierten Zone an der Grenze zwischen Nord- und Südkorea, und Leutnant Christian Hiltmann aus Basel gehörte zur neutralen Überwachungskommission, welche auf der südkoreanischen Seite dieser Grenze stationiert war.

Es war windstill, nichts rührte sich, der Wald ringsum

stand unbewegt. Als er nach ein paar Minuten immer noch nichts hörte, trat er wieder ein und schloss die Tür ab. Die Nachtluft hatte ihm gutgetan, und er freute sich auf die paar Stunden Schlaf, die ihm noch blieben.

Kaum hatte er sich hingelegt und die Augen geschlossen, war das Brummen wieder da, oder das, was er für ein Brummen gehalten hatte, denn nun glich es eher einem tiefen Knarren. Hiltmann machte Licht, sprang aus dem Bett und riss das Fenster auf, doch da war das Knarren schon verstummt. Er ging zum Bett zurück, löschte die Nachttischlampe und trat wieder ans Fenster. Dort blieb er stehen und starrte minutenlang in die Finsternis.

Ein Tier? Und wenn nicht, was sonst?

Vor einigen Jahren waren auf südkoreanischem Boden Tunnels entdeckt worden, die aus Nordkorea vorangetrieben wurden und der nordkoreanischen Armee einen Überraschungsangriff ermöglichen sollten. Man zeigte sie heute den Touristen aus aller Welt als Beweis für die Gefahr, die aus dem Norden drohte, doch die Art, wie die Tunnels präsentiert wurden und wie sie begehbar gemacht worden waren, hatte etwas von einem unterirdischen Disneyland. Das Gelächter der Gruppen, die, mit Stiefeln und Helmen ausgerüstet, in einem eigens angelegten Zugangsstollen 70 Meter in die Tiefe marschierten, ließ nicht vermuten, dass es da unten um Krieg und Frieden ging. Sollten die Nordkoreaner wieder so etwas vorhaben und unvorsichtig genug sein, ihre Baumaschinen so nahe an die Grenze zu fahren?

Der Leutnant holte sich einen Stuhl, setzte sich darauf,

legte beide Arme auf den Fenstersims und stützte sein Kinn auf einen Handrücken. Er wollte wach bleiben, falls das Geräusch noch einmal kam. Schließlich war er der Stellvertreter des Kommandanten und war an diesem Wochenende als Einziger auf dem Posten; wenn da auf der andern Seite eine unvorhergesehene Aktion unternommen würde, müsste er es sofort der südkoreanischen und der amerikanischen Armeeleitung melden.

Als er auffuhr, zeigten die Leuchtziffern seiner Armbanduhr halb vier. Das Geräusch war wieder da, und diesmal war es ein Knurren, welches die Fensterscheiben zum Vibrieren brachte und in einem kurzen Gebrüll endete.

Jetzt gab es keinen Zweifel mehr: Es war ein Tier. Da der Grenzgürtel, der sich auf dem 38. Breitengrad durch die ganze Halbinsel zog, seit dem Waffenstillstand für Zivilpersonen nicht mehr betretbar war, hatte er sich im Lauf von über fünfzig Jahren langsam zu einem Naturreservat entwickelt, zu einem Biotop für die verschiedensten Tierarten, in dem auch viele seltene Pflanzen wuchsen.

Dabei war die Nordseite des Grenzzauns nicht nur für Menschen, sondern auch für Tiere gefährlicher, denn sie war vermint. Ab und zu drang ein dumpfer Knall herüber, und man wusste dann, dass eine Tretmine explodiert war. Ob das Opfer ein Mensch war, der die Flucht versucht hatte, oder ein Tier, etwa ein Reh oder eine Gazelle, konnten sie jeweils nicht feststellen, der Wald war zu dicht.

Das nächste Geräusch war schon etwas weiter weg. Es waren kurze tiefe Stöße, fast klangen sie wie Hammerschläge einer Maschine, aber das Aufheulen am Schluss machte klar, dass da kein Bautrupp unterwegs war, sondern ein Tier. Ein großes Tier. Ein Raubtier.

Hiltmann erinnerte sich an die Behauptung von Wildbiologen, auf der nordkoreanischen Seite habe man schon den sibirischen Tiger gesehen. Diese Behauptung war wohl eher eine Vermutung, wenn nicht ein Gerücht, um die Wichtigkeit des Naturreservats herauszustreichen. Es gab mehrere Gruppen, die sich schon jetzt dafür stark machten, die ganze demilitarisierte Zone nach dem Friedensschluss, der ja irgendwann einmal kommen musste, zu dem zu erklären, was sie jetzt schon war, zu einem Nationalpark.

Was immer es jedoch für ein Tier war, es schien sich etwas in östliche Richtung entfernt zu haben. Das war durchaus logisch, denn westlich des Camps befand sich der offizielle Grenzübergang mit den entsprechenden Gebäuden auf beiden Seiten. Der wurde zwar kaum benutzt, aber er war ständig besetzt und nachts beleuchtet, kein Aufenthaltsort also für wilde Tiere.

Ohne sich viel zu überlegen, zog Leutnant Hiltmann sein Pyjama aus und seine Uniform an. Er füllte eine PET-Flasche mit Wasser, steckte ein halbes Brot, eine Packung Schinken und einen Apfel in einen kleinen Rucksack, nahm die Stablampe in die Hand, schaltete sie ein und verließ seine Baracke. Er ging zum Platz neben dem Hauptquartier hinüber, auf dem sie jeweils die Besuchergruppen empfingen und bei schönem Wetter auch bewirteten und Fragen beantworteten, die häufig mit »What

would Switzerland do, if – « begannen. Als ob Switzer-
land could do anything außer zuschauen. Im Norden
stand eine Armee von mehr als einer Million Soldaten, im
Süden waren es etwa 800 000, zusammen mit über 30 000
Hightech-bewaffneten Amerikanern, und dazwischen 5
Schweizer als neutraler Puffer, zusammen mit 5 ebenso
neutralen Schweden. Und einer der Schweizer war er,
Leutnant Christian Hiltmann aus Basel, der nun den
Platz verließ und sich auf den Fußpfad begab, der am
Grenzzaun entlang verlief.

Von Zeit zu Zeit blieb er stehen und lauschte in die
Dunkelheit. Seit dem letzten Gebrüll des Tigers, und was
konnte es anderes sein als ein Tiger, war fast eine halbe
Stunde verstrichen, und Hiltmann hatte das Gefühl, in
die Nähe von dessen letztem Standort gekommen zu
sein. Oder war er bereits zu weit gegangen?

Eine Tafel auf einem asphaltierten Kehrplatz zeigte das
Ende des Camp-Geländes an. Ab hier durfte der Pfad
nur noch von Soldaten der südkoreanischen oder amerikanischen Truppen begangen werden. Hiltmann beschloss, auf ein nächstes Geräusch des Tigers zu warten,
und setzte sich auf den Boden. Sollte er nichts mehr hören, würde er wieder umkehren.

Er lehnte sich mit dem Rücken an die Stange der Tafel
und schoss sogleich wieder auf. Das Brüllen, das jetzt er-
tönte, kam von ganz nah, da konnten höchstens zwei-
oder dreihundert Meter dazwischenliegen, und es kam,
da war er sicher, von der andern Seite des Zaunes, ihm
konnte also nichts passieren.

Vorsichtig betrat er den Pfad hinter der Tafel, der enger war als derjenige im Camp, die Gräser wuchsen hier bis in Kniehöhe, es war offensichtlich, dass er seltener benutzt wurde. Er ging nun auf die Morgendämmerung zu, die sich im Osten ankündigte, trotzdem musste er den Boden vor seinen Füßen ausleuchten, der uneben und zum Teil von Wurzeln überzogen war. Als er die Höhe erreichte, auf welcher er den Tiger vermutete, blieb er stehen und leuchtete mit der Lampe durch den Zaun hindurch. Das Gebüsch dahinter war undurchdringlich. Es waren auch keine Geräusche wie brechende Zweige zu vernehmen, die den Gang eines großen Tieres verraten hätten.

In Christian Hiltmann war der Jagdinstinkt erwacht. Es war nicht der Instinkt eines Jägers, der ein Tier erlegen wollte, sondern es war die Jagd nach einem Anblick. Er war nie auf einer Safari gewesen und hatte auch mit einer gewissen Belustigung zugehört, als ihm sein Bruder und dessen Frau erzählten, wie sie in Südafrika mit einem Kleinbus ins Löwengebiet gefahren waren und wie seine Schwägerin die Löwenmutter mit ihren Jungen erst dann gesehen hatte, als sie ihre Hosen hinter einem Baum heruntergelassen hatte, um zu pinkeln, und dann voller Panik zum Bus mit der Reisegruppe zurückgerannt war.

Hier gab es keine Reisegruppe, hier war nichts organisiert, hier war nur er allein, und irgendwo auf der andern Seite der Grenze eine Raubkatze, und diese Raubkatze wollte er sehen, denn sie musste ganz nahe sein.

Er überlegte sich, wie er am besten vorgehen sollte und

ob er sich dabei in irgendeine Gefahr begab. Der Zaun war gute drei Meter hoch, war oben mit gerolltem Stacheldraht gekrönt und galt als unüberwindbar. Hiltmann wusste Bescheid, denn es gehörte zu den Aufgaben der Überwachungskommission, bei den Befragungen der Flüchtlinge aus Nordkorea dabei zu sein. Die wenigen Menschen, denen die Flucht gelang, kamen auf dem Seeweg oder über andere Länder, aber durch die Grenzsperre hatte es, seit er hier war, nur ein einziger militärischer Überläufer geschafft. Zu gut war das nördliche Gebiet abgeriegelt und bewacht, und zu stark war das Gelände unmittelbar vor dem Zaun mit Minen verseucht. Ein größeres Loch im Maschendraht, durch das ein Tier wie ein Tiger schlüpfen könnte, war also auszuschließen, und dass dieser ein stachelbewehrtes Hindernis von derartiger Höhe überspringen konnte, schien ihm unwahrscheinlich.

Und wenn er von einer südkoreanischen oder amerikanischen Patrouille aufgegriffen würde, würde es wohl einen Verweis geben, aber kaum mehr. So hoffte er jedenfalls, denn ihm war kein solcher Vorfall bekannt. Er war nun fast ein Jahr hier und hatte sich für zwei Jahre verpflichtet. Als er sich zu diesem Dienst gemeldet hatte, dachte er fast an so etwas wie den Eintritt in die Fremdenlegion, doch mit so viel Eintönigkeit hatte er nicht gerechnet. Nun witterte er ein Abenteuer. Es war Sonntag, und die Kollegen würden erst am Montagmorgen ihren Dienst wieder aufnehmen, der Kommandant eingeschlossen. Streng genommen müssten sie nicht einmal unbedingt auf dem Posten sein, die Schweden verbrachten die Wochenenden meistens in der amerikanischen Basis in Seoul, wo auch alle Schweizer wohnten, und dass von ihnen ständig jemand da sein sollte, war eher eine Marotte ihres Chefs.

Nachdem er sich das alles durch den Kopf hatte gehen lassen, beschloss er, dem Tier auf der Spur zu bleiben, solange es ging, und am günstigsten schien ihm dafür, da stehen zu bleiben, wo er war, und auf das nächste Lebenszeichen von jenseits des Zaunes zu warten.

Nach und nach begannen die Vögel zu singen und teilten sich das Anbrechen des Tages mit. Die Schönheit des morgendlichen Konzerts stand in eigenartigem Widerspruch zur martialischen Situation im Grenzgürtel. Fremdartig quirlende Tonfolgen mischten sich mit Schalmeientönen, die aus den Baumwipfeln erklangen, und Hiltmann kam es vor, als sei er in einem verzauberten Wald. Für die Vögel gab es keine Grenze, ihre kehligen Rufe verteilten sich gleichmäßig über die Nord- und Südseite der Demarkationslinie, die mit einem Bannfluch belegt war, dessen Macht niemand zu brechen vermochte.

Da, da war er wieder! Hiltmann hörte ein tiefes, krachendes Husten, und zu seiner Enttäuschung war es weit weg, nachdem es doch vorhin so nahe gewesen war. Er steckte seine Lampe in den Rucksack und ging nun im frühen Tageslicht auf dem Pfad weiter. Ab und zu musste er einen Dornenzweig niedertreten, es sah nicht so aus, als ob hier täglich Kontrollgänge gemacht würden. Das

Jubilieren der Vögel schwoll an. Jorinde ruft Joringel, dachte er plötzlich, das Lieblingsmärchen seiner Kindheit. Näherte er sich dem Schloss der Erzzauberin, in dem Jorinde und all die andern gefangenen Jungfrauen in ihren Käfigen saßen?

Vor einer durch und durch verrosteten Tafel, die von der Nordseite des Zauns herüberwarnte, hielt er an. Drei oder vier koreanische Schriftzeichen und die Buchstaben »ITAR« hatten dem Zerfall standgehalten. Ob er sich hier in der Nähe eines nordkoreanischen Postens befand? Doch gleich hinter der Tafel wucherte das Dickicht, das Dickicht, in dem sich irgendwo auch der Tiger aufhielt, oder aufgehalten hatte, als er zum letzten Mal hustete.

Nun überlegte er sich doch noch einmal, ob ihm etwa Gefahr von der nordkoreanischen Seite drohte. Was, wenn hinter dem Zaun eine Patrouille aufkreuzte? Was würde sie hindern, hinüberzuschießen? Es gab in der Nähe des Campgeländes einen Gedenkstein für zwei amerikanische Soldaten, die den Ast eines Baumes abgesägt hatten, weil dieser die Sicht auf ein Stück des Grenzstreifens verdeckt hatte. Sie waren von den Nordkoreanern während dieser Arbeit erschossen worden.

Das erneute Brüllen des Tigers fegte seine Bedenken hinweg. Es war so nahe, dass Hiltmann bis ins Mark erschrak, und gleichzeitig stachelte es seine Neugier aufs Äußerste an. Er begann zu rennen, stolperte über eine Wurzel und fiel mit einem unterdrückten Aufschrei in einen Busch. Auf der andern Seite hörte er Äste knacken, ganz nahe zuerst, dann weiter weg, und ärgerte sich, dass er sich zu dieser Unachtsamkeit hatte hinreißen lassen. Indianer müsste man sein, dachte er, als er sich ächzend erhob und den Blutstreifen auf seinem rechten Handballen sah. Er holte die Flasche aus seinem Rucksack, goss sich etwas Wasser über die Hand und wischte sich dann mit dem Taschentuch die Erdkrümel aus dem Kratzer, der immer noch blutete. Seine Apotheke, er erinnerte sich deutlich, lag im Duschraum seiner Baracke, und so ballte er die rechte Hand um das Taschentuch zur Faust.

Aber die Richtung, in der er den Tiger vermutete, war dieselbe geblieben, ostwärts, also setzte sich auch Hiltmann wieder in Bewegung, so vorsichtig und geräuscharm wie möglich. Nach einer Viertelstunde hielt er an, um auf ein nächstes Zeichen zu warten. Vielleicht hatte er seinen unsichtbaren Gegner schon überholt. Obwohl sich bei ihm langsam der Hunger meldete, behielt er seinen Rucksack an, das Aufreißen der Schinkenpackung hätte ihn schon verraten können. So behutsam wie möglich ließ er sich im Gras nieder, betrachtete kurz seine Wunde und sah mit Befriedigung, dass sie aufgehört hatte zu bluten. Er wartete.

Warten war ihm vertraut, es war eine der Hauptbeschäftigungen auf diesem seltsamen Außenposten. Man wartete ständig darauf, dass etwas geschah. Und wenn wirklich etwas geschah, wie letzthin die Bombardierung einer vorgelagerten südkoreanischen Insel, dann mussten sie hingehen, zu zweit oder zu dritt, und sich über das Ausmaß des Schadens kundig machen, mussten es als Verletzung des Waffenstillstands deklarieren und den Protest bei den Nordkoreanern deponieren. Einmal in der Woche fand eine Sitzung in einer der Baracken statt, deren eine Hälfte nördlich der Demarkationslinie lag, deren andere südlich, und dazu waren außer den Schweizern und den Schweden die Amerikaner, die Südkoreaner und die Nordkoreaner geladen. Für die Möblierung der Baracken hatte die Schweiz gesorgt, indem sie aus dem Bundeshaus in Bern die alten Stühle und Tische des Ständeratssaales eingeflogen hatte, deren Festlichkeit nicht ganz dem Provisorium einer Baracke entsprach. Bei diesen Sitzungen wartete man jeweils vergeblich auf die Nordkoreaner und fing dann ohne sie an. Sie blieben bis zuletzt fern; es wurden die hängigen Fragen und eben auch die festgestellten Verletzungen des Abkommens besprochen, mit dem Protokoll der Sitzung ging man in den Windfang vor der nordkoreanischen Türe und steckte es dort in einen Briefkasten. Eine Woche später war das Protokoll nicht mehr da, aber die Nordkoreaner ließen sich wieder nicht blicken. Sie spielten mit ihnen Katz und Maus.

Der Leutnant hob den Kopf. Ein tiefes, leises Knurren drang aus dem Wald hinter den Büschen. Erst jetzt merkte er, dass keine Vögel mehr sangen, der Tag hatte begonnen. Der Tiger, so es denn einer war, musste etwa auf derselben Höhe sein wie er. Sinnlos also, sich weiterzubewegen, aber wohl ebenso sinnlos, so sagte er sich jetzt, zu erwarten, der Tiger käme irgendwann so nahe zum

Zaun, dass man ihn sehen könnte. Trotzdem mochte er nicht aufgeben.

Da kam ihm eine Idee. Er öffnete seinen Rucksack, schnitt sich mit der einzigen Waffe, die ihnen gestattet war, mit seinem Offiziersmesser eine Scheibe Brot ab, fuhr dann mit der Klinge in die vakuumierte Packung und legte sich ein Stück Schinken darauf. In Ruhe aß er das Schinkenbrot, trank dazu etwas Wasser aus seiner Flasche und machte sich dann ein zweites Brot. Nachdem er auch dieses verzehrt hatte, nahm er die geöffnete Schinkenpackung in die Hand und trug sie, langsam weitergehend, vor sich her, schwenkte sie dabei ein bisschen, damit sich der Geruch besser entfalten konnte. Von Zeit zu Zeit blieb er stehen und horchte hinüber. Einmal schien ihm, er habe einen knackenden Zweig gehört, doch um den Tiger bis zum Zaun zu locken, brauchte es offensichtlich mehr.

Er schaute den Kratzer auf seinem Handballen an und trieb dann die Haut so auseinander, dass er wieder zu bluten begann. Mit der linken Hand die Schinkenpackung schwenkend, die rechte, aus der das Blut tropfte, ausgestreckt vor sich hin haltend, setzte er sich langsam wieder in Bewegung.

Der Ruf von hinter dem Zaun überraschte ihn. Unvermutet hatte sich eine schmale Lichtung geöffnet, darin stand ein kleines Wachhaus, und vor dem Wachhaus ein nordkoreanischer Soldat mit einem umgehängten Gewehr.

Erneut rief ihm der Soldat in scharfem Ton etwas zu, und Leutnant Christian Hiltmann rief zurück »Neutral

Nations Supervisory Commission! Switzerland!«. Als der Wachmann seine Waffe in Anschlag brachte und auf ihn richtete, hob Hiltmann seine Hände in die Höhe, die linke mit der Schinkenpackung, die rechte mit dem Blut am Handballen. Eine Sekunde überlegte er sich, ob er sich umdrehen und fliehen sollte, merkte aber, dass seine einzige Chance war, sich nicht zu rühren. Nein, dachte er, der wird nicht schießen, der darf nicht schießen, auf einen neutralen Schweizer auf der andern Seite der Grenze, das ist gegen die internationalen Abkommen, das käme ins Protokoll der Verletzungen, er setzte nochmals zu »Neutral Nations!« an, aber die Wörter blieben ihm im Hals stecken, als er sah, wie ihn der andere durch sein Zielfernrohr ins Visier nahm.

Da ließ das Gebrüll des Tigers den Wald erzittern, der Soldat ließ das Gewehr fallen, drehte sich um und sprang mit einem Satz in sein Wachhaus zurück.

Den Anblick, wie der sibirische Tiger gelassen und geschmeidig die Lichtung überquerte, kurz am Gewehr des Soldaten schnupperte und dann lautlos im Gebüsch verschwand, würde Leutnant Christian Hiltmann nie mehr vergessen.

Schnell rannte er in Deckung, trat dann so rasch wie möglich den Rückweg an, indem er sich immer wieder versicherte, dass nördlich des Zauns nur Büsche und Bäume waren, und wunderte sich, wie weit er auf dem verbotenen Pfad gegangen war.

Am Abend schrieb er auf dem Formular des Tagesrapports unter »Besondere Vorkommnisse«: *Keine*.

BIANCA CARNEVALE

Mit siebenundzwanzig hatte sie ein eigenartiges Leben hinter sich.

Geboren in Buenos Aires als erstes Kind eines Schweizer Fleischhändlers und einer italienischen Sängerin, wuchs sie zusammen mit einem jüngeren Bruder in Argentinien auf und besuchte dort bis zu ihrem zehnten Lebensjahr die deutsche Pestalozzi-Schule. Dann kam es zur Scheidung der Eltern, und die Mutter, welche nach ihrer Heirat die Schweizer Staatsbürgerschaft angenommen hatte, zog mit den beiden Kindern nach Bellinzona im Tessin.

Dort schickte sie ihre Tochter zuerst in die Primarschule und dann ins Gymnasium. Da sie mit ihr stets italienisch gesprochen hatte, bereitete dieser die sprachliche Umstellung keine Mühe, wohl aber die menschliche. Sie hatte zum Geschlechtsnamen des Vaters einen italienischen Vornamen und hieß Bianca Fasnacht, was schon bei ihrem ersten Schultag in Bellinzona für Gelächter sorgte. Die zwei Deutschschweizer Mädchen in der Klasse nannten sie sogleich Bianca Carnevale, und dieser Übername blieb ihr. Er war wohl auch aus Eifersucht entstanden, denn Bianca war ein schönes Mädchen mit den blauen Augen des Vaters und den schwarzen Haaren der Mutter, die sie zu Zöpfen geflochten trug. Den Abschluss der Zöpfe bildeten kleine bunte Schleifen in verschiedenen Farben.

Ihre Interessen waren musischer Art. Sie las gerne und verbrachte ganze Nachmittage im kleinen Garten hinter dem Haus unter einem großen Magnolienbaum mit einem Buch, während andere Kinder ins Schwimmbad gingen, das sie wegen seiner Lärmigkeit abstieß. Bianca sang gerne und hörte gerne Musik, und als ihre Mutter sie zu einer Pianistin, mit der sie befreundet war, in den Klavierunterricht schickte, wunderte sie sich, wie wenig sie ihre Tochter zum Üben anhalten musste, denn Bianca war offensichtlich erpicht darauf, in der Landschaft aus weißen und schwarzen Tasten heimisch zu werden. Ihr Bruder hingegen übte auf seinem Cello mit ständigem Blick auf die Armbanduhr genau die vorgeschriebene Mindestzeit von einer Viertelstunde und stellte dann das Instrument missmutig wieder weg. Auch er hörte gerne Musik, aber nicht klassische, wie seine Schwester, sondern Jazzplatten. Da ihre beiden Zimmer nebeneinander lagen und beide einen einfachen Grammophonapparat besaßen, kam es öfter zu musikalischen Kriegen, etwa zwischen Giuseppe Verdi und Duke Ellington oder zwischen Robert Schumann und Charly Mingus. Erst wenn beide den krächzenden Lautsprecher auf das Maximum gedreht hatten, begannen sie mit Verhandlungen über einen Stundenplan ihrer Hörzeiten.

Die Mutter, welche sich als Gesangslehrerin betätigte und auch als Altistin für Oratorien und Messen gefragt wurde, besuchte gelegentlich eine Aufführung in der »Scala« im nahen Milano und nahm ihre Tochter mit. Es war Ende der fünfziger Jahre, in denen Tito Gobbi den Rigoletto sang und Maria Callas die Lucia di Lammermoor. Bianca war begeistert, und einmal musste die Mutter sie stupsen, weil sie begonnen hatte, in der Wahnsinnsarie bei »Spargi d'amaro pianto« leise mitzusingen.

Biancas musikalisches Talent fiel auf. Bei den Vortragsübungen ihrer Klavierlehrerin stach sie nicht nur durch ihre Sicherheit hervor, mit der sie ihr gewähltes Stück auswendig spielte, sondern auch durch die Anmut ihres Vortrags, eine gewisse liebevolle Zuwendung zu den Tönen, etwa zu einzelnen Läufen, die sonst nur als Brücken zum nächsten Motiv angesehen wurden und die unter ihren Händen zu etwas Bedeutungsvollem heranwuchsen.

Mit fünfzehn Jahren fing sie mit Orgelunterricht an, und als sie nach einer Weile einmal in der Woche allein in der Collegiata-Kirche eine Stunde üben durfte, fand sie ein großes Vergnügen daran, mit den Klängen eines Präludiums oder einer Toccata einen Raum von dieser Größe zu füllen. Oft saß sie noch lange nach der Schluss-Fermate auf der Orgelbank und horchte den Klängen nach, die wie Fledermäuse irgendwo in den Gewölben zu verschwinden schienen.

Es begannen nun auch die kleinen bezahlten Einsätze bei bestimmten Gelegenheiten, das Einspringen bei einer sonntäglichen Frühmesse oder bei einer Abdankung auf dem Harmonium der Friedhofskapelle. Auch begleitete sie des Öftern ihre Mutter auf dem Klavier, wenn sie ihre Oratorienauftritte vorbereitete, wofür diese ihr stets ein kleines Taschengeld gab.

Von ihren musizierenden Mitschülern wurde sie gerne zum Mitmachen bei kammermusikalischen Anlässen gefragt, und wer sie als Begleiterin eines virtuosen Flötenspielers und eines Cellisten am Flügel sah und hörte, wurde von der Grazie der Jugend angerührt.

Einmal im Jahr lud der Vater seine beiden Kinder nach Buenos Aires ein. Die Mutter bestand darauf, dass sie nicht gemeinsam reisten, aus Angst vor einem Flugzeugabsturz. So flogen sie zunächst stets an zwei aufeinanderfolgenden Tagen hin und zurück und verbrachten im Sommer drei oder vier Wochen mit ihrem Vater, etwas später ging Roberto, ihr Bruder, im Frühling hin, und Bianca im Sommer. Ihr Vater wickelte den ganzen Export argentinischen Rindfleisches in die Schweiz ab, und da auf den Schweizer Wiesen nicht genügend Huftsteaks und Entrecôtes weideten und nicht einmal die Nachfrage nach Bündnerfleisch aus den einheimischen Ställen befriedigt werden konnte, wurde er außerordentlich wohlhabend dabei. Er bewohnte inzwischen mit seiner zweiten Frau eine Villa im Recoleta-Viertel, einer der nobelsten Adressen der Stadt. Zu Biancas Überraschung stand, als sie mit sechzehn zu Besuch kam, im Salon des

Hauses ein Bösendorfer-Konzertflügel, auf dem sie spielen durfte, so viel sie wollte. Das machte ihr die Ferienaufenthalte, über deren Pflichtmäßigkeit sie gerade begonnen hatte sich zu beklagen, wieder angenehmer, obwohl ihr die neue Frau des Vaters nicht sympathisch war, sie war dessen Sekretärin gewesen und wollte nun, so kam es Bianca vor, die Dame von Welt spielen, die sie in keiner Weise war. Wenigstens gab es keine Halbgeschwister, und so hatte der Vater niemanden zum Vergöttern als seine eigenen Kinder. Wo immer er mit seiner schönen und begabten Tochter auftauchte, erntete er Bewunderung, und es blieb nicht aus, dass er, wenn sie da war, zu kleinen Soiréen einlud, bei denen Bianca dann ein paar Klavierstücke zum Besten zu geben hatte. Ihre Lieblinge waren Chopin und Scarlatti.

Ihr Vater gab sich Mühe, kleinere Ausflüge in die Umgebung zu machen, ins Delta des Rio de la Plata, wo naturkundliche Bootsfahrten angeboten wurden, oder nach Luján, der Stadt mit der angeblich schönsten Kathedrale Argentiniens, aber am liebsten ging Bianca im nahe gelegenen Friedhof spazieren, einem Friedhof, der viel eher eine Totenstadt war, mit Grabkapellen und Familienruhestätten, die kleinen Villen glichen, und in dem man sich mühelos verlaufen konnte. Mit Vergnügen hörte sie sich jeweils auch eines der Tangokonzerte an, welche die Banda Sinfónica an Sonntagen im Pavillon eines Parkes gratis spielte.

Doch flog sie immer wieder gern in die Schweiz zurück und freute sich auf ihre Orgelstunden in der Collegiata in Bellinzona. Immer klarer zeichnete es sich ab, dass sie sich nach Abschluss des Gymnasiums zur Pianistin ausbilden würde. Der Ernst, mit dem sie sich der Musik widmete, ließ auch ihre Mutter nicht daran zweifeln, obwohl sie wusste, welche Schwierigkeiten einen im Berufsleben erwarten konnten.

Vorerst kamen ganz andere Schwierigkeiten auf Bianca zu. Es fiel ihr auf, dass an den Nachmittagen, an denen sie allein auf der Orgel übte, oft ein Geistlicher in einer der Kirchenbänke saß. Sie maß dem keine besondere Bedeutung zu, bis er eines Tages, als sie von der Empore herunterkam, unten an der Treppe stand und sie höflich begrüßte. Es war ein junger Vikar, der ihr sagte, wie sehr er die Musik von Bach liebe und wie sehr ihm die Art und Weise gefalle, wie sie diese interpretiere. Bianca fühlte sich geschmeichelt, und nun stand er öfters unten an der Treppe, wenn sie ihr Spiel beendet hatte, und versuchte sie in ein Gespräch zu ziehen. Eines Nachmittags jedoch, als sie den Rolldeckel des Manuals heruntergezogen und abgeschlossen hatte, stand er unvermutet hinter ihr und schloss sie heftig in seine Arme. Bianca war so erschrocken, dass sie etwas zu lange wartete, bis sie den Kuss seiner halb geöffneten Lippen abwehrte. Dann sagte sie entschieden, sie komme hierher zum Orgelspielen und zu nichts anderem, wand sich aus seinen Armen, hastete die Treppe hinunter und verließ die Kirche. Als sie die schwere Tür hinter sich schloss und ins blendende Sonnenlicht hinaustrat, blieb sie aufatmend stehen, bevor sie sich mit erzwungener Langsamkeit auf den Heimweg machte.

Sie war verwirrt, und was sie in den nächsten Tagen vor allem irritierte, wenn sie über den Vorfall nachdachte, war ihre mangelnde Empörung. Die Dreistigkeit und die Leidenschaft des Vikars hatten in ihr eine seltsame Neugier erweckt, und gerade das Ungehörige und Aussichtslose dabei zogen sie an. So kam es, dass sie die Einladungen des gleichaltrigen Flötisten ausschlug und sich an ihren Orgelnachmittagen mit dem Geistlichen traf. Auf der Empore zunächst, und dann gab es dort noch eine kleine Materialkammer.

Sie entdeckte in sich auch eine Fähigkeit, ein Geheimnis für sich zu behalten, die sie selbst erstaunte. Was sie zu verbergen hatte, überspielte sie mit kleinen Lügen oder mit einem verschwiegenen Lächeln, etwa wenn ihre Mutter, die etwas ahnte, sie fragte, ob sie verliebt sei.

Gewisse Dinge allerdings können nicht verborgen bleiben, und als sie in diesem Sommer nach Buenos Aires reiste, brachte sie ihr Vater dort in eine gynäkologische Privatklinik, wo man ihr das unerwünschte Leben entfernte. Zehn Tage später entzückte sie eine Abendgesellschaft bereits wieder mit einer Chopin-Sonate.

Als Bianca nach Bellinzona zurückkam, war der Vikar verschwunden, in die Mission nach Afrika, hieß die Auskunft auf vorsichtige Nachfragen, und verschwunden war auch ihre Freude am Orgelspiel. Sie ließ sowohl ihre Orgelstunden als auch ihre Nachmittage in der Collegiata bleiben, fuhr aber mit dem Klavierspielen fort.

Ein Jahr später lud sie ihr Vater zu einer Reise nach den Iguazù-Fällen an der Grenze zu Paraguay und Brasilien ein. Bianca war überwältigt, ja berauscht von diesem Erlebnis. Auf der Rückfahrt im Auto geschah dann das Unglück. »Der Schweizer Kaufmann Enrique Fasnacht«, so war in der argentinischen Presse zu lesen, »fuhr beim Versuch, einem Lastwagen auszuweichen, der ihm auf seiner Fahrspur entgegenkam, über eine Kurve hinaus, stürzte einen Abhang hinunter und konnte erst Stunden später tot geborgen werden. Seine Tochter, die auf dem Beifahrersitz saß, musste mit Trennscheiben aus dem Wagen befreit werden und wurde mit schweren Verletzungen in das Hospital Nacional von Posadas eingeliefert.«

Biancas linker Fuß wurde im Wagen eingeklemmt, und als man sie schließlich nach stundenlangem qualvollem Warten aus dem Auto zog, mussten ihr im Krankenhaus die kleineren drei Zehen amputiert werden, zudem kämpfte man gegen eine Blutvergiftung, die sie sich beim Kontakt der offenen Fußwunden mit Schmierfett zugezogen hatte.

Länger als einen Monat musste sie im Hospital bleiben, ihre Mutter reiste aus der Schweiz an, um sie zu besuchen, flog aber, als ihre Tochter außer Lebensgefahr war, wieder zurück, um ihren Verpflichtungen nachzukommen. An der Trauerfeier für ihren Vater konnte Bianca nicht teilnehmen, auch wollten weder die Mutter noch Roberto dabei sein.

Bianca hatte großes Glück. Außer zwei Rippenbrüchen blieb ihr Oberkörper unverletzt, Hände, Arme und Gelenke waren weiterhin Chopintauglich. Die Erleichterung, als sie sich nach vier Wochen in der Cafeteria des

Spitals ans Klavier setzte und merkte, dass alles noch funktionierte, war riesig. Später, nach dem Abklingen der Phantomschmerzen, sollte sich als Folge bloß zeigen, dass sie mit dem linken Fuß etwas vorsichtiger auftrat; dies brachte eine kleine Unregelmäßigkeit in ihren Gang, die aber kaum zu erkennen war, und auch das Pedal konnte sie mit den beiden Hauptzehen mühelos drücken.

Doch der Unfalltod ihres Vaters machte ihr zu schaffen. Immer wieder sah sie den Moment, als der Lastwagen auf ihrer Spur auftauchte, weil er einen Traktor überholte, hörte ihren Vater »Verdammt!« rufen und sah ihn das Steuer herumreißen. Und wie sie wieder erwachte, von Schmerzen gemartert, sich nicht drehen konnte, und wie aus dem zusammengequetschten Blech zu ihrer Linken keine Antwort mehr kam, und wie sie dann begann, so laut sie konnte, »Ayuda!« zu schreien, und die Gewissheit nach endloser Zeit, dass ihr Vater tot war, und dass er tot war, weil er ihr mit dieser Fahrt eine Freude machen wollte, und dass er mit einem Fluch aus diesem Leben gegangen war, all das ging ihr täglich und vor allem nächtlich durch den Kopf, während sie dalag und auf ihre Genesung wartete.

Zuerst war sie allein in einem kleinen Zimmer der Intensivstation, bevor sie dann in einen Raum mit fünf andern Patientinnen verlegt wurde. Wenn sie nachts weinte, kam eine kleine eingeborene Krankenschwester mit einem rundlichen braunen Gesicht an ihr Bett, eine Ordensschwester, die Sor Serena genannt wurde, hielt ihre Hand und betete mit ihr.

Bianca hatte sich nie vorstellen können, dass es einen Gott gab, der alle Menschen auf der ganzen Welt kannte, also auch sie, und hatte nie das Bedürfnis gehabt zu beten. Im Philosophieunterricht, den sie als Freifach besuchte, hatten sie die Gottesbeweise von Spinoza gelesen und die Gegenbeweise von Bertrand Russell, und sie hatte weder dem einen noch dem andern geglaubt und hatte beschlossen, gar nicht erst zu versuchen, es wissen zu wollen. Doch wenn Sor Serena mit ihr das Vaterunser betete, zuerst auf Spanisch, dann auf Guaraní, und dann noch ein ganz persönliches Gebet für sie sprach, in dem sie die Jungfrau Maria jedes Mal wieder mit anderen Worten bat, gnädig auf ihre arme Kreatur Bianca herabzuschauen und ihr beizustehen, fühlte sie sich auf eine Weise getröstet, die sie bisher nicht gekannt hatte.

Dass die zweite Frau ihres Vaters sich nie zeigte und nur ausrichten ließ, die Reise nach Posadas sei zu weit und der Tod ihres Mannes mache sie unfähig dazu, erstaunte sie nicht. Als sie dann zurückfliegen konnte und eine Nacht bei ihr in Buenos Aires zubrachte, fragte ihre Stiefmutter sie über den Hergang des Unfalls aus, als habe Bianca ihn verursacht. Sonst hatten sie einander nichts zu sagen.

Wieder in Bellinzona, erreichte sie schon bald eine üble Nachricht aus Argentinien. Ihr Vater hatte seinen Kindern gegenüber nur die Verpflichtung, bis zu deren zwanzigstem Altersjahr Alimente zu bezahlen, aber da er keinerlei Testament hinterlassen hatte, erbten weder sie noch ihre Mutter etwas von seinem beträchtlichen Vermögen. Es war seiner zweiten Frau und deren Anwalt offenbar ein Leichtes gewesen, ein argentinisches Recht geltend zu machen, welches sein ganzes Vermögen der überlebenden Ehegattin überschrieb.

Dies von der Schweiz aus mit Hilfe eines südamerikanischen Anwalts anzufechten, waren Mutter und Kinder weder willens noch imstande, nachdem sie bei einem Telefongespräch von Mafalda Fasnacht y Riquez Cruz kaltschnäuzig abgekanzelt worden waren, doch dies bedeutete eine Neuordnung ihrer Lebensumstände. Der Vater hatte Bianca bei jedem ihrer Aufenthalte in Buenos Aires zu verstehen gegeben, dass sie sich für ihre Ausbildung an einer Musikhochschule keine Sorgen zu machen brauche, und auch ihrem Bruder Roberto, der sich für Maschinenbau interessierte, hatte er im Bezug auf dessen Studium dasselbe gesagt.

Sofort begann Bianca, jüngeren Schülern und Schülerinnen Klavierstunden zu erteilen und bot auch den Kirchen und Friedhofkapellen in Bellinzona und Umgebung ihre Dienste als Organistin und Harmoniumspielerin an. Gleichzeitig bereitete sie sich auf das Abitur vor. Roberto, der ein feines Gespür für Apparate aller Art hatte, empfahl sich am Anschlagbrett der Schule für Reparaturen von Plattenspielern und Radios und begann auch einen kleinen Handel mit Geräten, die er wieder gebrauchsfertig gemacht hatte, während die Mutter versuchte, ihre Tätigkeit als Sängerin und Pädagogin zu intensivieren.

Nach der Matura, die sie ohne Probleme bestand, zog Bianca nach Zürich, um am Konservatorium zu studieren. Sie nannte sich nun Bianca Carnevale, und ihr Ziel war das Konzertdiplom. Mailand wäre ihr lieber gewesen, aber da sie Schweizerin war, hatte sie dort keine Aussicht auf ein Stipendium, während sie für Zürich sofort einen Ausbildungsbeitrag des Kantons Tessin bekam und sich später auch als Stipendiatin bewerben konnte. Da es in Zürich genügend Organisten und Klavierlehrerinnen gab, verdiente sie den Teil ihres Lebensunterhalts, für den sie selbst aufkommen musste, mit Privatstunden in Spanisch und Italienisch und konnte sich auch beim Fleischgroßhandel, in dem ihr Vater tätig gewesen war, als Übersetzerin für spanische Korrespondenz andienen.

Und dann ergab sich noch eine andere, eher unerwartete Einkunft. Einer der Lehrer, der dort unterrichtete, war bei Sängern ein bekannter und gefragter Begleiter. Für diese Konzerte benötigte er jemanden, der ihm jeweils die Seiten der Notenblätter umdrehte, eine Aufgabe, für die er gerne Studentinnen fragte. Als seine ständige Seitenwenderin für ein Jahr ins Ausland ging, bat er Bianca, diese Arbeit zu übernehmen, und das tat sie sehr gerne. So war sie nahe bei der Musik, nahe bei ihrem Lehrer, nahe bei bekannten Sängern und Sängerinnen, und sie wurde überaus anständig bezahlt.

Damit begann für sie eine Entdeckungsreise ins Reich der Lieder, die ihr großes Vergnügen bereitete. Mit den Liedern von Schubert, Schumann, Mendelssohn, Beethoven betrat sie musikalische Landschaften, deren kunstvoller und unerschöpflicher Reichtum sie immer wieder in Erstaunen versetzte. Sie war glücklich, dass gerade sie für diese Aufgabe ausgewählt worden war, die sie im Übrigen als leicht empfand, obwohl sie nicht zu unterschätzen war. Man musste, auf einem Stuhl neben dem Pianisten sitzend, die Noten mitlesen und kurz vor Ende der Seite diskret, aber unfehlbar mit der linken Hand nach der oberen rechten Ecke der Seite greifen, diese mit Daumen und Zeigefinger anfassen und auf das leichte Nicken des Pianisten hin das Blatt rasch umdrehen. Damit der Arm dem Spieler nicht die Sicht auf die Noten verdeckte, musste man sich dazu möglichst unauffällig etwas erheben, um sich nach erfolgter Drehung ebenso unauffällig wieder zu setzen. Das Setzen erfolgte im selben Schwung wie das Wenden des Blattes und markierte den Abschluss des ganzen Vorgangs. Wichtig war auch, dass man das Papier sofort zwischen die Fingerspitzen kriegte, man musste also darauf achten, nicht zu trockene Hände zu haben. Wenn sich die Solisten zu Beginn des Konzerts kurz zum Gruß verneigten, durfte man sich nicht mit verneigen, und ebenso selbstverständlich galt auch der Schlussapplaus dem Sänger und dessen Begleiter, die Seitenwenderin trat gemeinsam mit den beiden ab und kam zur Entgegennahme weiterer Applause nicht mehr nach vorne. Erst bei einer abgesprochenen Zugabe erschien sie wieder und setzte sich auf den ihr zugedachten Platz. Dieser Platz war stets auf der linken Seite des Pianisten, sie saß also für den größten Teil des Publikums etwas verdeckt im Schatten des Meisters.

Ihr Lehrer bat sie darum, für die Konzerte kein Parfum oder Eau de Toilette aufzutragen, da ihn dies, der

Nähe wegen, in der Konzentration störe. Nun hätte er ja auch männliche Studenten gehabt, er zog es aber eindeutig vor, sich von jungen Frauen die Seiten wenden zu lassen. Und das war, was den Anblick betraf, den die Konzertierenden boten, sicher nicht falsch. Wenn zusammen mit zwei eher beleibten Herren, die ihre Rundungen zwar durch Fräcke und bauschige weiße Hemden etwas zu cachieren vermochten, eine schlanke, anziehende Frau wie Bianca dabei war, hellte dies die Stimmung unmerklich auf, denn auch wenn es bei Konzerten in erster Linie ums Hören geht, sitzen doch die wenigsten Besucher mit geschlossenen Augen da, und das Sehen spielt eine größere Rolle, als die meisten zugeben würden.

Ihr Lehrer trat außerordentlich gern mit Bianca auf, sie war diskret und präsent zugleich, und es war spürbar, dass sie die Noten nicht einfach ablas, sondern innerlich mitspielte und ihn dadurch auch anfeuerte. Da sie seine Schülerin war, machte er nach einem Konzert ab und zu eine Bemerkung, wenn er etwa einer Stelle eine andere Nuance gegeben hatte, und er konnte gewiss sein, dass es ihr nicht entgangen war. War ihm etwas nach seiner Meinung weniger gut gelungen, sagte sie ihm sofort, welche Passage dafür unübertrefflich gewesen sei. Gelegentlich fragte er sie um ihre Meinung zu einer Interpretation, und ihre Kommentare waren von großer Treffsicherheit. Äußerte sie einen Zweifel, war es meistens dort, wo auch er eine leise Unsicherheit empfand, und wo sie bestätigte, war auch er seiner Sache sicher. Er gewöhnte sich so an sie, dass er seiner früheren Seitenwenderin, als sie aus dem Ausland zurückkam, beschied, er wolle lieber mit Bianca weiter arbeiten.

»Meine wunderbare Unsichtbare«, nannte er sie im Scherz, aber ganz so unsichtbar war sie nicht. Es entwickelte sich sogar ein kleiner Club von Bewunderern, die vor allem zu den Auftritten des Pianisten kamen, um sich am Anblick Biancas beim Seitenwenden zu erfreuen. Unter den jüngeren Konzertgängern gab man sich den Tipp weiter, und während einiger Jahre war es in der Klassikszene Zürichs Kult, »zu Bianca« zu gehen; nicht selten warteten am Hinterausgang der Tonhalle oder eines anderen Konzertsaales neben den Autogrammjägern für den berühmten Sänger und seinen Begleiter drei oder vier junge Männer, welche Bianca zu einem Glas Wein einladen wollten. Sie amüsierte sich darüber, ging auch gerne mit, war aber allen weiteren Annäherungsversuchen gegenüber resistent.

Sie arbeitete hart an ihrer Ausbildung, konnte das Lehrdiplom erwerben und in die Meisterklasse eintreten, womit sie ihrem Ziel, dem Konzertdiplom, einen Schritt näher war. Sie hatte ihre Tätigkeit fast ganz nach Zürich verlegt, unterrichtete nun auch einige Klavierschüler und war von der Unterstützung ihrer Mutter unabhängig geworden.

Ihr Lehrer stieg in dieser Zeit zum bevorzugten Begleiter eines berühmten Liedinterpreten auf, und die beiden wurden für Auftritte in ganz Europa engagiert. Dank dieses Bekanntheitsgrades konnte er sich häufig die Begleitung seiner eigenen Seitenwenderin ausbedingen, die er nun immer besser bezahlte, und so kam es, dass sie nicht nur zusammen nach Paris, Frankfurt, München oder Wien reisten, sondern dort auch im selben Hotel übernachteten, und in einem dieser Hotels geschah es dann, dass der Meister nachts noch an Biancas Tür klopfte und das Zimmer erst wieder am Morgen verließ. Bianca wusste, dass er verheiratet war, es war ihr auch klar, dass er ihr Lehrer war, und dennoch passierte ihr das Unerklärliche, dass sie sich auf ihn einließ. Vielleicht fühlte sie sich weniger von ihm selbst als vom Fallen der Schranken angezogen.

Unter der Liaison, die nun entstand, litt die Disziplin ihrer Auftritte keineswegs, weder bei ihr, welcher ohnehin der leichtere Teil der Aufgabe zufiel, noch bei ihm, den Biancas Anwesenheit geradezu beflügelte. Die beiden beflissen sich bei ihren Treffen einer strikten Heimlichkeit, denn ihr Lehrer wollte, was er Bianca bald klarmachte, sein Familienleben keinesfalls gefährden. Dies lag auch gar nicht in ihrer Absicht, sie nahm die gelegentlichen Nächte, wie sie kamen, und empfand eine merkwürdige Freude daran, mit jemandem, der dafür gar nicht in Frage kommen durfte, ein Doppelleben zu führen. Sie vermutete, dass nicht einmal der Sänger etwas davon wusste, umso mehr, als sie nie zusammen ein Doppelzimmer nahmen und sich ungerührt siezten, sei es vor dem Konzert in der Garderobe oder am Frühstückstisch im Hotel.

Auf den Tourneen übernahm sie mit der Zeit die kleinen Künstlerbetreuungsaufgaben, sie sorgte dafür, dass sein Frack gebürstet und sein Hemd frisch geplättet war, dass seine Schuhe glänzten und dass vor dem Auftritt ein Glas frisch gepressten Orangensaftes in der Garderobe bereitstand. Zudem durfte das kleine Etui mit den Flaschenkorken nicht fehlen, die er sich jeweils eine Viertelstunde vor dem Konzert zwischen die Finger steckte, um diese geschmeidiger zu machen. Auch hinter der Bühne bemühte sie sich um Unsichtbarkeit. Wenn sie zu dritt in einer Garderobe waren, was gelegentlich vorkam, und der Sänger vor dem Auftritt seine Stimmübungen machte, den Kiefer lockerte und dazu lallende Laute ausstieß, hechelte wie ein Hund, sich die Augenbrauen und die Wangenknochen massierte oder eine kleine Terz unbarmherzig in die Höhe trieb und sie von dort langsam bis in die Kellerräume seines Baritons hinuntersteigen ließ, saß sie entweder unbewegt in einer Ecke oder verließ den Raum, um sich im Korridor die Füße zu vertreten. Der Sänger schätzte dies, nahm aber im Übrigen wenig Kontakt mit ihr auf, sondern blieb stets in einer freundlichen Distanz.

Bianca verfolgte indessen zielbewusst ihr berufliches Fortkommen und übte mit außerordentlichem Fleiß in einem Studioraum, den sie mit einem Kollegen zusammen gemietet hatte. In ihrer Familie kam es zu großen Veränderungen. Ihr Bruder studierte in Lausanne Maschineningenieur, und ihre Mutter heiratete zur Überraschung ihrer Kinder einen lombardischen Kirchenmusiker und zog zu ihm nach Mailand. Bianca und Roberto gestanden einander, dass sie ihre Mutter viel mehr als Mutter denn als Frau angesehen hatten und irgendwie davon ausgegangen waren, dass sie immer daheim in der vertrauten Wohnung auf sie warten würde, wenn sie wieder einmal kämen. Nun wurde die Wohnung in Bellinzona aufgelöst, und die drei sahen sich nur noch selten, meistens an den Feiertagen, und auch die waren oft durch Auftritte ihrer Mutter, meist mit ihrem neuen Mann, beeinträchtigt.

Ein knappes halbes Jahr vor den Abschlussprüfungen Biancas kam es dann zu einem denkwürdigen Ereignis. Im Mozartsaal der Liederhalle Stuttgart war ein Konzert angesagt, in welchem ihr Lehrer den Sänger bei einem Abend mit den schönsten Liedern der deutschen Klassik begleitete. Es war das Ende einer kleinen Deutschlandtournee, die 750 Plätze waren seit langem ausverkauft, die Stimmung war festlich und erwartungsfroh.

Umso größer die Bestürzung, als ihr Lehrer, der sich schon beim Hinsetzen auf den Klavierstuhl mit seinem Taschentuch die Stirn gewischt hatte, während des ersten Liedes vornüber auf die Tasten des Flügels sank, der statt der Schubert-Akkorde einen bösen Cluster von sich gab. Mit Mühe konnte ihn Bianca so stützen, dass er nicht neben dem Instrument zu Boden fiel, in der zweiten Reihe sprang ein Arzt auf, erstieg die Bühne, legte den Pianisten mit Biancas Hilfe seitlich auf den Boden und öffnete ihm den Kragen, dann erschien der Notarzt des Hauses, gefolgt von zwei Sanitätern mit einer Bahre, und der Unglückliche wurde weggetragen. Der Abendintendant trat an die Rampe und bat das Publikum, sitzen zu bleiben,

bis geklärt sei, ob das Konzert trotzdem stattfinden könne. Der Sänger und Bianca verließen die Bühne, um in
der Garderobe vom Notarzt zu hören, dass der Pianist,
der noch nicht bei Bewusstsein war, offenbar einen
schweren Kollaps erlitten habe und auf keinen Fall wei-
terspielen könne.

Der Veranstalter hatte bereits einen bekannten Stuttgarter Pianisten angerufen und erfahren, dass dieser gerade in München konzertiere. Der Sänger war verstört und
unglücklich, Veranstalter und Intendant waren ratlos. Da
trat Bianca zu den dreien und sagte, sie kenne die Lieder
sehr gut und würde sich anerbieten, einzuspringen. Auf
den kritischen Blick des Veranstalters sagte sie, sie sei in
der Meisterklasse, stehe kurz vor dem Abschluss, sie sei
mehrmals bei diesem Abend als Seitenwenderin dabei gewesen, kenne die Interpretation ihres Lehrers und traue
sich zu, die Lieder so zu begleiten, dass sich der Sänger
wohlfühle.

Nach kurzer Beratung trat der Abendintendant wieder
auf die Bühne, um dem Publikum mitzuteilen, der Pianist werde ärztlich betreut, könne aber nicht weiterspie-
len, und die Schülerin aus seiner Meisterklasse, Frau
Bianca Carnevale, die ihm sonst die Seiten gewendet hätte, sei bereit, für ihn die Begleitung des Sängers zu übernehmen, damit sie nicht auf das Konzert verzichten
müssten. Sollte jemand unter dieser Voraussetzung den
Saal verlassen wollen, sei ihm das selbstverständlich frei-
gestellt, und das Eintrittsgeld werde ihm zurückerstattet.
Ein kurzes Raunen ging durch den Saal, bei der Nennung

des Namens hatte man den einen oder andern Lacher gehört, aber dann applaudierte das Publikum einhellig, alle blieben sitzen, denn alle waren sie in erster Linie des Sängers wegen da und hatten schon befürchtet, um den Genuss seiner Stimme zu kommen.

Dieser hob nun erneut zum unterbrochenen Lied an, sang Schuberts »Ich hört' ein Bächlein rauschen«, und vom ersten Moment an war klar, dass die Begleitung so leicht und wunderbar floss, als wäre sie das Bächlein selbst.

Obschon auf dem Programmzettel die Bitte stand, man möge die einzelnen Lieder nicht durch Beifall unterbrechen, gab es am Schluss des Liedes einen großen Applaus. Er galt ganz deutlich der eingesprungenen Begleiterin und war als Bestätigung und als Ermutigung gedacht, weiterzufahren. Und es ging ohne die geringste musikalische Einbuße weiter, der Sänger entspannte sich zusehends, denn es zeigte sich, dass Bianca die hohe Kunst des Begleitens, jene delikate Mischung aus Zurückhaltung und Präsenz, vortrefflich beherrschte. Sie war eher leiser als ihr Lehrmeister, ließ aber in den kleinen Zwischenspielen Läufe wie kostbare Perlenketten aufblitzen, etwa in Schuberts »Taubenpost«, und in der kleinen Begleitfigur zu Mendelssohns »Leise zieht durch mein Gemüt« schwang ein Zauber mit, der mit der Feinheit ihres Anschlags und vielleicht auch etwas mit ihrer jugendlichen Schönheit zu tun hatte.

Schon in der Pause, in welcher Bianca als Erstes das Glas mit dem Orangensaft sorgfältig auswusch, bedankte sich der Sänger bei ihr aufs herzlichste und zeigte sich des Staunens und des Lobes voll über ihr Können, das er bei der Seitenwenderin nicht vermutet hatte, wenngleich er wusste, dass sie eine Schülerin seines bevorzugten Beglei-ters war.

Der zweite Teil hielt denn auch durchaus, was der erste versprach, und Bianca riskierte ab und zu eine kleine Überraschung. So machte sie in den »Zwei Grenadieren« von Schumann das Crescendo in der Schlussphantasie des Soldaten, der als Schildwach' im Grabe warten will, bis er gewappnet hervor aus dem Grab steigen kann, um den Kaiser, den Kaiser zu schützen, dieses Crescendo also machte sie nicht mit, sondern ersetzte es durch ein spitzes, trockenes Staccato, das die ganze Hoffnungs-losigkeit des armen Kerls stärker ausdrückte als das vor-geschriebene Forte-Spiel, und ließ es in ein pianissimo des Nachspiels übergehen, bei dem man fast den Atem anhalten musste.

Herzzerreißend ihre Imitation des Leierkastens in Schuberts traurigem »Leiermann«, wo es ihr gelang, die immer gleiche Melodie so unbeholfen zu spielen, dass man die starren Finger des Leiermanns zu spüren glaub-te, während sie Beethovens »Ich liebe dich, so wie du mich« nicht leise, wie es der Komponist vorsah, sondern so ungestüm begleitete, dass sie den Sänger zu einer In-terpretation trieb, die bedeutend leidenschaftlicher war als seine übliche. Die Seiten wendete sie den ganzen Abend lang selbst, ohne dass irgendetwas ins Stocken ge-riet dabei.

Der Schlussapplaus war überwältigend, und es war ganz klar, dass er zu gleichen Teilen der neuentdeckten Begleiterin wie dem Sänger galt. In der Garderobe erwartete sie der Abendintendant mit der Nachricht, dem Pianisten gehe es besser, und man nehme an, dass er das Krankenhaus in zwei, drei Tagen verlassen könne. Dann waren zwei Musikkritiker da, welche beide mit Bianca sprechen wollten. Einer von ihnen war dabei gewesen, als der junge, unbekannte Tenor Fritz Wunderlich an der Stuttgarter Staatsoper 1955 für den erkrankten Josef Traxel als Tamino in Mozarts »Zauberflöte« einspringen konnte und über Nacht berühmt wurde, und er prophezeite Bianca ein ähnliches Schicksal, jedenfalls, so sagte er, wolle er in seiner Besprechung sein Möglichstes dafür tun.

Dann waren sie vom Veranstalter zum Essen eingeladen, wo wiederum Biancas Auftritt das Hauptgespräch war, und als sie im Taxi mit dem Sänger zusammen ins Hotel zurückgekehrt war, lud sie dieser noch zu einem Bier an der Bar ein und fragte sie, als er mit ihr auf den Abend angestoßen hatte, ob er sie vielleicht als Begleiterin engagieren dürfte.

Bianca lächelte, dankte für die, wie sie sich ausdrückte, ehrenvolle Anfrage und sagte, das gehe leider nicht.

»Warum denn?«, wollte der Sänger wissen.

»Ich gehe morgen in ein Kloster«, sagte Bianca.

Der Sänger war sprachlos. »Aber –«, sagte er nach einer Weile, »aber – Ihre ganze Ausbildung, Ihr Können?«

Das werde sie dort auch brauchen können, gab Bianca

128

zur Antwort, gab auch keine Auskunft, wo dieses Kloster sei, und sagte ihm nur, der Entscheid sei gefallen.

Der Sänger konnte es nicht fassen. Das sei ein großer Verlust für die Musik, sagte er; wie sie Konzerte interpretiere, wisse er nicht, aber er könne ihr nur sagen, dass sie als Liedbegleiterin zu den wenigen ganz Großen gehöre, und er wisse, wovon er spreche. Einfach in einem Kloster zu verschwinden, das könne sie der Musik nicht antun, und ihm auch nicht.

»Ihnen?« fragte Bianca, »aber Sie haben doch die Besten zur Verfügung.«

»Das schon, aber…«

Der Sänger stockte.

»Aber?« fragte Bianca.

»Aber ich liebe Sie«, sagte er leise.

Nun war Bianca sprachlos.

»Vom ersten Moment an, als ich Sie sah«, fügte er hinzu und legte seine Hand auf die ihre.

Das wäre, entgegnete Bianca nach einer Weile, unter andern Vorzeichen sehr schön für sie, aber ihr Entschluss sei, wie gesagt, gefasst, und sie habe dafür ihre Gründe.

Welcher Art denn diese Gründe seien, wollte sie nicht sagen, und als sie sich vor der Lifttüre verabschiedeten, küsste er sie auf die Stirne und sagte, »Ich liebe dich« habe er heute nur für sie gesungen, und er habe gehofft, ihre so ungewöhnliche Begleitung bedeute so etwas wie »so wie du mich«.

Am andern Morgen fand der Sänger unter seiner Tür zwei Briefe von Bianca, einen für ihn und den andern für seinen Begleiter. Ihm schrieb sie, sie sei sehr gerührt und möge ihn sehr gerne, aber es sei nicht zu ändern und er solle doch bitte ihrem Lehrer den zweiten Brief mitbringen, wenn er ihn heute im Spital besuche, sie müsse leider sofort abreisen und könne ihn nicht mehr sehen.

Das war 1974. Bianca verschwand von einem Tag auf den andern, ohne dass jemand wusste, wo sie sich aufhielt, es war, als ob sie sich unsichtbar gemacht hätte. Ihren Bruder und ihre Mutter rief sie an, bat sie, sich um sie keine Sorgen zu machen und sie nicht zu suchen, sie brauche einen Ort der Ruhe und fange ein neues Leben an. Konzertagenturen und Zeitungsleute, die nach ihr fragten, ebenso ihr Lehrer und die Leitung des Konservatoriums kamen nicht weiter als bis zu Bruder und Mutter, die ihnen nicht mehr sagen konnten.

Im Frühling des Jahres 2011 saß in einer Seniorenresidenz ein alter Mann im Rollstuhl am Fenster seines Zimmers und blickte versonnen auf die blühenden Forsythien im Park.

Die Bibliothekarin des Hauses, die auf Wunsch auch zum Vorlesen kam, hatte ihm einen Zeitungsartikel mitgebracht. Sie wusste, dass sich der vormals berühmte Sänger immer für Nachrichten aus dem Gebiet der Musik interessierte und las ihm einen Bericht vor, den sie in einer Wochenzeitung gefunden hatte. Er erzählte von einem franziskanischen Nonnenkloster im Grenzgebiet zwischen Argentinien und Paraguay, das sich auf eine seltsame Art gegen ein Kraftwerkprojekt wehrte, welches Dutzende von Dörfern, darunter auch dasjenige, in dem das Kloster stand, zu überschwemmen drohte. Die Nonnen blockierten die Zufahrtsstraße, auf der die Bagger und Baumaschinen die geplante Baustelle im Urwald erreichen wollten, und sangen Choräle. Ihr Gesang sei so schön gewesen, dass niemand gewagt habe, sie mit Gewalt wegzutreiben, die Polizisten und Militäreinheiten, welche man dazu aufgeboten habe, seien alle von den Klängen der Frauenstimmen verzaubert worden, und damit immer jemand präsent war, auch nachts, sei der Chor ständig ergänzt und verstärkt worden, auch durch Frauen aus den Dörfern, es hätten sich geistliche Gesänge mit alten Volksweisen in Guaraní abgewechselt. Fernseh- und Radiosender hätten Reportagen über diesen Widerstand gebracht, und die Regierung sei so lange unter Druck geraten, bis sie die Bewilligung für den Dammbau für ein Jahr sistiert habe. Das Franziskanerinnenkloster in der Provinz Corrientes sei schon lange für sein vorbildliches Engagement der armen einheimischen Bevölkerung gegenüber bekannt, und ebenso für eine erstaunliche musikalische Kultur, welche unter der Leitung von Sor Afra stehe. Diese sei nicht nur eine großartige Organistin und Chorleiterin, sondern spreche auch perfekt Guaraní.

Ob denn auch ein Foto der Dirigentennonne dabei sei, fragte der alte Mann. Die Vorleserin hielt ihm den Artikel hin, zusammen mit seiner Lupe.

»Hier sieht man den Chor vor einem Bautrupp stehen«, sagte sie, »mit der Dirigentin in der Mitte. Und rechts unten«, fuhr sie fort, »sieht man sie allein.«

Der Alte hielt seine Lupe über das Gesicht der Frau, die unter ihrer Ordenshaube frisch und unverbraucht aussah.

»Sor Afra«, murmelte er, »die Schwarze... gut gemacht, Bianca.«

»Kennen Sie sie?« fragte die Vorleserin verwundert.

Statt einer Antwort bat sie der alte Sänger, die CD aufzulegen, die er seinerzeit mit Biancas Lehrer aufgenommen hatte.

»Bitte die Nummer 13«, sagte er, und als wenig später seine eigene Stimme zu singen anhob »Ich liebe dich, so wie du mich«, unterlegt von den behutsamen Sechzehnteln des Pianisten, summte er leise mit, gab mit den Händen den Takt an, und als die letzte Strophe erklang mit dem Vers »Drum Gottes Segen über dir, du meines Lebens Freude...«, schrie er plötzlich: »Stärker, spiel doch stärker, du Idiot, forte musst du spielen, fortissimo, sonst kann ich das nicht singen!« und schlug mit geballten Fäusten auf die Armlehnen.

Erschrocken drehte die Vorleserin die Lautstärke auf, aber der Sänger winkte ab, wandte sein Gesicht wieder zum Fenster, und vor seinen feuchten Augen zerflossen die Forsythien im Park zu großen, gelben Flecken, die langsam davonschwammen.

DER STEIN

Etwas platzte.

Etwas tanzte durchs Dunkel.

Ein Tosen. Ein Krachen. Ein Rauschen.

Sternenherzklopfen. Gestirngelächter.

Etwas glomm.

Etwas gloste.

Etwas barst.

Galaktischer Donner. Zeitgeburt.

Etwas wurde herausgeschleudert.

Etwas ballte sich.

Etwas drehte sich.

Etwas kreiste.

Da war sie, die Erde, von niemandem gesehen, von niemandem gehört, von niemandem gerochen. Schutzlos schwebte sie im Hagel des Universums, das sich immer noch selbst gebar und das aus seinen Urlungen Meteoriten hustete, die bargen Atem in sich, die bargen Tropfen in sich, die blieben auf der Erde zurück, und langsam verbreitete sich Luft, und langsam verbreitete sich Wasser.

Jahrmillionen.

Die Hitze im Innern der Kugel strebte nach außen, immer mehr Feurigflüssiges begann sich zu verfestigen, die Erde zog sich einen steinernen Mantel an. Er wurde von Ozeanen überflutet, doch Sockel und Platten stießen nach oben, breiteten ihre Küsten aus unter dem Licht der Sonne und luden zum Leben ein.

Jahrmillionen.

Im Wasser begann es zu zucken und zu zappeln, Lebendiges nährte sich von dem, was Gesteine und Wasser abgaben, und von anderm Lebendigen.

Jahrmillionen.

Pflanzen zeigten sich, Farne schlugen Wurzeln im Boden, Insekten krabbelten an ihren Stängeln. Aus den Meeren hoben Lurche ihre Köpfe, krochen ans Land, schauten sich um und nahmen die Einladung an. Flossen verwandelten sich in Füße. Reptilien schleiften ihre schuppigen Bäuche durch die Sümpfe. Nadelhölzer versuchten Fuß zu fassen.

Jahrmillionen.

Eiswinde lösten sich mit dem heißen Hauch von Monsunen ab. Der Entstehung von Leben folgte das Aussterben von Leben.

Dinosaurier brüllten und erlagen ihrer eigenen Größe, Vulkane feuerten ihre Botschaft aus der Tiefe in die Höhe und erloschen, Vögel erhoben sich in die Lüfte und kreisten über den Erdteilen, die von den Kräften des Wärmezerfalls stetig auseinandergetrieben wurden. Zum Ei als Brutgefäß kam die Gebärmutter, neugeborene Tiere saugten Milch aus ihrer Mutter, Fledermäuse schwirrten durch die Urwälder und starben nicht mehr aus.

Jahrmillionen.

Ständig drängte neue Unruhe aus dem Erdinnern nach oben, abgekühlte Gesteinsmassen suchten das Licht, die Kontinente wuchsen und brachen auseinander, dazwischen schossen gurgelnd neue Meere, unter denen sich Felsbastionen so lange aneinander stießen und drückten, bis sie sich übereinanderschoben, bis sie sich aus den Wassern aufrichteten und zu Gebirgszügen erhoben.

Jahrmillionen.

Die Alpen entstanden. Ein Kampf unter Gesteinsgiganten, Gneis, Granit, Schiefer, Kalk, Dolomit ihre Namen. Aus den Wüsten des Südens war einer gekommen, um am Ringen teilzunehmen, Verrucano, der Alte, von rötlicher Farbe, ein Sohn von Feuermutter Magma, der warf sich auf die Jüngeren und presste sie nieder, bis sie sich ergaben. Doch wer den obersten Platz einnahm, war Stürmen, Hagel, Schnee und Eis am stärksten ausgesetzt und verwitterte rascher, hier und dort brach ein Stück aus dem Riesen heraus und donnerte in die Tiefe, und seine Brocken zerfielen zu Geröll.

Noch zwanzig Millionen Jahre, bis Menschenaugen zu den Bergen hinaufblicken und ängstlich in andere Augen blicken, wenn das Rumpeln von Felsstürzen zu hören ist.

Gletscher dehnen sich aus, ziehen sich wieder zurück, dehnen sich erneut und treiben die Menschensippen in ihrer Nähe auf die Suche nach freundlicheren Gegenden. Einer davon, der sich zu Füßen des alten Verrucano breitmacht, nimmt dessen Geröllschutt mit auf die Wanderschaft, und auf seiner mehrtausendjährigen Wachstumsreise hat er genügend Zeit, den Steinen mit seinem Eisdruck die Kanten abzuschleifen, und als ihm die Zunge abzuschmelzen beginnt und es auf den Heimweg geht, lässt er sie alle liegen. Er lässt auch eine Mulde für ein Seebecken zurück, langsam bedeckt sich das Gletschervorfeld mit Erde, auf der Gras und Bäume wachsen, die Mulde füllt sich mit Wasser, und auf einem Hügel an ihrem Ausfluss errichten Kelten eine Siedlung, die später von den Römern zu einem Kastell ausgebaut wird: Turicum.

Es ist anzunehmen, dass ein Stein nichts fühlt, dass er nichts hört und nichts sieht. Sonst müsste man sagen, der Stein, der vor zwanzigtausend Jahren mit dem Linthgletscher nach Zürich gekommen war und hier mit Erde überdeckt wurde, hatte ein eintöniges Leben, denn er blieb unter dem Boden liegen, durch Erde von seinen Reisegefährten getrennt, vielleicht stieß ihn ab und zu die Schnauze eines Maulwurfs an, vielleicht streifte ihn gelegentlich ein Regenwurm, aber von dem, was über der Erde vor sich ging, spürte er nichts. Karl der Große gründete das Großmünster ohne ihn, die Enthauptung Hans Waldmanns war ihm ebenso gleichgültig wie die Predigten Huldrych Zwinglis, und die Kanonenschüsse, mit welchen die Franzosen während der Koalitionskriege die Russen und Österreicher aus der Stadt vertrieben, drangen nicht in die Tiefe des Bodens und wären auch nur ein Bruchteil des Polterns gewesen, mit dem sich im Paläozän die Penninische Decke über die europäische Kruste geschoben hatte.

Ein Stein denkt nicht, ein Stein freut sich nicht, ein Stein trauert nicht, ein Stein hat keinen Hunger, ein Stein hat keine Angst, ein Stein liebt nicht, ein Stein hasst nicht, ein Stein hat weder Freunde noch Feinde. Ein Stein handelt nicht. Er tut nur, was andere Kräfte mit ihm tun, die Fliehkraft, die Schwerkraft. Er kollert, sagt man, wenn er vom Erdhaufen eines Aushubs herunterrollt. Eigentlich aber *wird* er gerollt und *wird* er gekollert.

Als ihn nun eine Baggerschaufel unter dem aufgerissenen Straßenbelag hervorholt und auf einen Bauschuttcontainer wirft, denn die Kanalisation wird erneuert, kommt er zum ersten Mal seit zwanzigtausend Jahren wieder ans Tageslicht. Gerne würden wir ihn aufatmen und die Frische des Frühlingstags genießen lassen, wenn wir nicht wüssten, dass das eine unzulässige Vermenschlichung wäre. Zudem ist er von einer Dreckschicht überzogen, und auch wenn diese über das Wochenende, an dem er zuoberst auf dem Haufen liegt, langsam vertrocknet, etwas abbröselt und den rötlichen kieselförmigen Ackerstein darunter hervorschimmern lässt, bleibt es dabei: Der Stein fühlt nichts.

Der vierzehnjährige Junge aus einer Vorortsgemeinde, der zusammen mit einem Klassenkameraden am Nachmittag des 1. Mai nach Zürich gekommen ist, weil er gehört hat, dass hier Unerhörtes passiert und dass man an diesem Unerhörten teilnehmen kann, ist schon eine Stunde lang mit Vermummten herumgerannt, hat die Kapuze seines T-Shirts hochgezogen, hält sich das Taschentuch vors Gesicht, während er einem Tränengasnebel zu entkommen versucht, der von einer Front blauer Marsmenschen stammt, die hinter Schilden in Helmen und Gasmasken über die ganze Breite der Straße vormarschieren. »Sauhünd!« und »Nazi!« hört er links und rechts von sich schreien. Da kommt er am Container vorbei, hält einen Moment an, packt den Stein, dreht sich um und schleudert ihn gegen die Verfolger.

Der Stein gehorcht den Gesetzen der Physik, die ihn auf eine durch die Abschusskraft und die Zielrichtung bestimmte ballistische Kurve senden. Er prallt nicht auf einen Uniformierten, sondern auf ein fliehendes Mädchen, das in eine Seitenstraße getrieben wird. Das Mädchen, am Kopf getroffen, stürzt zu Boden, zwei Polizisten knien nieder, ein anderer ruft per Funk einen Sanitätswagen.

Der Vierzehnjährige kann sich in einen Hausdurchgang drücken, spurtet über den Innenhof und auf der andern Seite wieder hinaus und geht dann mit der Langsamkeit des Unbeteiligten in die Richtung des Hauptbahnhofs. Er presst sich das Taschentuch auf die Augen und wischt sich die Tränen ab, die einen beißenden Geruch haben, aber es kommen immer mehr Tränen, die nicht mehr nach Gas riechen. Er muss sich auf einen Schaufenstersims setzen. Er möchte, dass das nicht geschehen ist, was gerade geschah.

Aber es ist geschehen. Das Mädchen wird in die Notfallaufnahme des Universitätsspitals gefahren. Ein Polizist hat den Stein auf die Bahre gelegt. Der Arzt, der das Schädel-Hirn-Trauma diagnostiziert, lässt ihn von einer Pflegerin waschen und vergleicht ihn mit der Wunde. Für die Gerichtsmedizin wird die Verletzung unter »Einwirkung stumpfer Gewalt« fallen.

Der Vierzehnjährige, dessen Eltern nicht zu Hause sind, schaltet am Abend zitternd vor Angst die Nachrichten ein und vernimmt, dass es Sachschäden von mehreren hunderttausend Franken gegeben habe und dass eine junge Frau durch einen Steinwurf schwer verletzt wurde. Als er hört, sie sei außer Lebensgefahr, atmet er auf und lässt sich weinend aufs Bett fallen. Er wird niemandem davon erzählen, und er will so etwas nie wieder tun.

Nach einer Operation und einem längeren Klinikaufenthalt erholt sich das Mädchen langsam wieder. Auf Betreiben seiner Eltern wird Anklage gegen Unbekannt erhoben, aber die Untersuchung ist aussichtslos und wird irgendeinmal eingestellt. Der jungen Frau wird der Stein auf ihr Verlangen ausgehändigt, und sie behält ihn.

An ihrem 18. Geburtstag lässt sie sich von ihrem Freund in die Mitte des Sees hinausrudern, nimmt dann den Stein aus ihrer Tasche und wirft ihn ins Wasser.

Und da versinkt er langsam und treibt noch einige Blasen nach oben, bevor er in der Tiefe verschwindet.

Ein Stein tut das, was mit ihm getan wird.

Jetzt ist er auf dem Grund des Beckens angekommen.

Ein bisschen Schlamm wird aufgewühlt und zeigt an, wo nun sein Platz ist.

Ein Stein erinnert sich nicht. Ein Stein träumt nicht. Ein Stein hofft nicht.

Man kann nicht einmal sagen, dass er wartet.

INHALT